勵志學堂 14
小男孩
與
芭比娃娃
羅明道◎著

作者序言

《小男孩與芭比娃娃》的主角，或許讀者在讀這個故事時，都會有似曾相識的感覺，在我們的周圍都會有個類似的同學。

記得以前的班上，有個男生老被大家喊成「娘娘腔」，畢業多年之後，同學們聚會，大家都記不得他的名字，只管叫他娘娘腔。而每次的同學會，他也幾乎不來參加，沒有人知道他的下落。

直到有一天，翻開報紙，發現這個同學竟然擔任起某家非常有名的精品飯店的設計總監，同學們這才知道他畢業後的出處，也都讚嘆他的發展是我們同學當中最好的。

在傳統觀念裡頭，會有很多不被大家認可的特質，但是這些特質只要我們能夠珍惜，相信也會像這本《小男孩與芭比娃娃》的主角張大力一樣，在自己喜歡的領域「大大」的展現自己的「力」量。

這也是本書想要傳達給讀者的觀念，願我們每個人都能珍惜自己與生俱來的特質，而不要用別人的眼光來看待自己。

目次

01

送錯的芭比娃娃

今天是張大力滿周歲的日子，按習俗要舉行「抓周」看看這孩子將來會成就什麼大事業。大力的爺爺奶奶幾天前便特地從老家搭車到大力家，就為了這場盛會。

全家大小一早就興沖沖的開始準備，不僅奶奶在廚房裡蒸了好大一籠紅龜粿等著祭祖，親戚也送來各式各樣的「抓周必備用品」像是算盤、尺規、筆記型電腦等等。大他兩歲的姊姊被裝扮得像小公主一樣，頭上綁著粉紅色的蝴蝶結，在客廳裡搖搖晃晃的拍手笑著，好像她也為弟弟的大事開心不已。

前一天晚上，爸爸媽媽從嬰兒床上方俯瞰進入甜甜夢鄉的張大力，開始幻想孩子的未來：嗯，五官端正，將來肯定會傷許多女孩子的心。鼻樑高挺，是不是這個孩子將來會成為律師、醫生、老師、工程師……甚至總統也說不定！所以兩人對今天的抓周充滿期待；雖然這只是個習俗，冥冥中自有注定，但總是可以參考看看吧。

媽媽拆開其中一個沉重無比的箱子，發現裡頭是一整套百科全書，驚呼：「哇！要是我們家大力選了這些書，他會變成……」爸爸驕傲的接口：「一位德高望重的學者嘍！」兩人都笑了起來，繼續開心的拆著箱子、擺物品。

沒多久，桌上就擺滿了各式各樣的電子產品以及飛機、汽車等模型，還有許多重複的東西擺在地上。

爸爸拆開最後一個包裹，「天吶！姨婆怎麼送來這個芭比娃娃？是大力要抓周，不是姊姊啊！」看見裡頭是一身白色公主裝的金髮芭比娃娃，甚至附贈全套更換衣裳，忍不住抱怨道。

媽媽笑著說：「姨婆老糊塗了吧，明明都跟她說過是個男孩兒了，送這個來做什麼呢？前年姊姊抓周時，她好像也送了台汽車玩具來，結果姊姊正眼都沒瞧過那個東西。不過沒關係，一塊兒放上桌子，反正熱鬧熱鬧一番也好呀！」於是便把芭比娃娃禮盒隨意放在桌子一角。

「嗳，擺這麼顯眼多難看，移遠一點。」爸爸將芭比娃娃推到最遠的地方，讓鋼彈模型及各式汽車擋住那個粉紅色的盒子。

這時，爺爺抱著穿新衣的張大力來到客廳，臉上盈滿笑容。「男主角來囉！」奶奶在一旁開心的笑著。祭祖完畢，就來到了今天的重頭大戲！

張大力在桌子正中央軟軟的坐著，一對黑曜石般的眼珠子轉呀轉。他身上不僅穿著新衣，還有一整套金項鍊、金手鐲、金腳鍊，全都是奶奶精心為寶貝孫子挑選的。現在所有人都站在桌旁，殷殷期盼大力會選擇哪一條通往成功的人生道路。

是那個聽診器嗎？看見大力拿起離他最近的醫師聽診器，爸爸正得意他把東西放離孩子最近的策略正確，一家人臉上都掛起大大的微笑，好像大力已經變成濟世救人又日進斗金的醫生了。不，大力搖了搖聽診器，又隨手丟在一旁，轉了身，對於另外一朵一朵的玩具和電子產品爬去。

「汽車！我們家大力要去當賽車手啦。」爺爺看著大力將手伸向小汽車，高興的說。

「不，大力會變成工程師，要去大公司工作呢！」奶奶發現大力一直盯著筆記型電腦光滑發亮的外殼。

爸爸這時候偷偷的將聽診器又拿到大力眼前，但是大力卻看也不看的繼續往筆記型電腦前進。他似乎很喜歡電腦冰冰涼涼的感覺，稚嫩的小手不停的在上頭摸著。

媽媽走到桌前將百科全書打開，裡頭的字密密麻麻，還有許多精美的插圖。這

招果然奏效，大力爬到書前，對唰啦唰啦的翻書聲感到非常有興趣，一雙眼認真的看著內容，好像他真讀得懂似的。

正當大家以為就此底定時，大力卻又放下手中的書本，往其他堆垛去了。奶奶將不遠處的算盤拿到大力眼前，他玩了一下上頭的珠串，又將算盤丟到腳邊；爺爺將自己年輕時的飛官帽拿到大力眼前，還舉起雙手做出飛翔的樣子，「呼——呼——」叫著，可是大力只對著爺爺拍手，咯咯笑了起來，完全沒有打算拿起那頂別有動章的帽子。

爸爸很苦惱，因為當初擺禮物時，是按著自己的期望高低安排遠近，大力不僅對聽診器和筆記型電腦沒興趣，連汽車飛機也不愛，剩下來那些恐龍玩偶、遊戲機都不是些甚麼好貨色。試想，去挖恐龍骨頭或整天玩電動，是能有什麼出息呢？

媽媽正想著「有甚麼沒擺上來的」，卻看到大力往桌子最遠的地方爬去。

唉呀！大力拿起鋼彈模型了。新聞常報導，時下有些年輕人被稱為「御宅族」，就是老愛這些日本動漫的產品，甚至因此揮霍無度。想到這兒，爺爺奶奶皺起眉頭，上前想把大力抱回桌子中央。

然而大力再次放下手中的物品，拿起最角落的那樣玩具……

「不可以！」爸爸大聲阻止，因為大力手中拿的正是姨婆送錯的芭比娃娃。大力聞聲嚇了一跳，無辜的小臉轉向桌前焦急的一家人。

奶奶一臉凝重地對大力說：「乖，大力，那個不是你的，給姊姊玩。」伸手準備將芭比娃娃拿給在一旁玩泰迪熊的小姊姊。

大力看到奶奶伸過來的手，卻不願意將芭比娃娃交出去，他緊緊抓著芭比娃娃的身體，打定主意不要給人。

這時爸爸氣呼呼的說：「大力，給我！」不僅讓大力不知所措，還被爸爸的聲音給嚇得一臉脹紅，眼看下一秒就要嚎啕大哭了。

媽媽趕快緩頰說：「唉呀，大力只是在說他喜歡女生呀！男生喜歡女生有什麼不對，芭比娃娃那麼漂亮，身材比電視上的模特兒都還棒呢！」

爸爸臉色稍微和緩了些，轉頭對爺爺奶奶說：「不好意思啊，結果沒能讓你們看到大力將來會變成怎麼樣有成就的人。」

爺爺奶奶雖然失望，但也開玩笑地說：「好在今天只有一個芭比娃娃，要是擺

了七八個，還都被大力抓起來，那他不就變成花心大蘿蔔了嗎！」於是大夥兒就開始收拾桌上的物品，晚點爺爺奶奶還要搭車回老家呢。

將爺爺奶奶送上車後，爸爸回到家看見大力坐在客廳地板上跟姊姊玩，正覺得姊弟倆感情好，卻突然發現大力手中還拿著抓周用的芭比娃娃，忍不住上前想拿走。大力一手抓著芭比娃娃，另一手正忙著抓其他填充玩偶，突然感覺到有人搶他的玩具，急得大哭起來。

媽媽匆匆跑到客廳，爸爸馬上對她說：「妳怎麼這麼不小心，沒把芭比娃娃收好。」

媽媽說：「那些玩偶我都放在一旁的箱子呀，大力自己翻出來的吧。」

爸爸聞言搖頭說：「好好的汽車不玩，玩這芭比娃娃……實在是沒前途啊。」

媽媽不置可否的說：「誰知道呢，這不過是玩具嘛！」說完又回廚房舞鍋弄鏟了。

後來大力「一暝大一寸」，長得頭好壯壯。他平常會玩軟綿綿的恐龍玩偶，偶爾弄弄小汽車，但他最愛的還是芭比娃娃。

大力每天都會跟姊姊玩芭比娃娃，幫它梳頭、換衣服。因為姊姊常常收到親戚送的芭比娃娃，所以無論是優雅的晚禮服、休閒的運動輕裝、華麗的結婚白紗，甚至包包、鞋子、化妝品、家具等等一應俱全，他倆的芭比娃娃真是稱得上富可敵國了。

爸爸每每看到這副姊弟和樂的景象，真不知該開心還是生氣大力怎麼這麼不爭氣，心底也常常對當初送錯禮物的姨婆充滿怨言。但大力終究是這樣度過開開心心的童年，準備上學去嘍！

02 大力很沒力？

對一個小孩子而言，要說什麼最令人感到害怕？或許，就是「長大」了吧！從前在家裡玩玩芭比娃娃，不過是被姊姊嘲笑，最多就引來偶爾拜訪的親友們的側目而已。但是此時此刻……從明天開始……大力所要面對的，是一個極度陌生的世界，僅僅從姊姊口中聽聞而知的是：那地方是充滿著比爸爸兇上百倍的老師，和永遠寫不完的作業，以及一群有時找你玩有時又不理睬你的同學們。

大力愈是想到這，緊張的心情使他將手中的娃娃又抱得更緊些，也是因為……再來每天相處的時間少了許多。

「媽媽，明天芭比可以陪我一起去上學嗎？」大力趁爸爸在刷牙的時候低聲這樣問道。

「大力乖喔！芭比還是待在家裡比較好喔！去到學校會有很多同學想找大力一起玩的。」相較於父親的無奈，面對兒子喜歡玩洋娃娃這樣的事實，媽媽總是多了一份的耐心跟傾聽，來對待這獨特的愛子。

雖然有點失望，但是乖順的大力總會聽媽媽的話，隨後只見他溫柔的幫身旁的芭比蓋上被子，道了聲晚安，然後闔眼等待新生活的展開。

校門口的空氣是那麼的新鮮，對於沒上過幼稚園的大力的的確確是如此。看著眼前奔跑追逐的五、六年級生，對比那些和自己同齡的一年級新生，此時的心情真是莫名的複雜。

「大力你看！上學其實是很有趣的喔！就像媽媽昨天說的一樣，會有很多同學陪你一起玩，在家裡只有姊姊能陪你，可是來學校會有跟你一樣大的小男生，可以一起玩男生喜歡的遊戲……」突然間，媽媽似乎發現有些不對勁，硬是把到嘴邊的話給結束。

「來！我們快去教室吧！同學應該差不多都到了，如果比老師晚到就不好囉！」

媽媽牽著大力快步沿著指示牌走去。

大力心裡很清楚，媽媽是最愛他的，每天早上都急忙出門上班，晚上就算帶了案子回來加班，也一定是等到一雙兒女入睡之後，才獨自在書房挑燈夜戰。而今天為了兒子的開學日，這事業女強人竟破例請了半天假，兩年前姊姊上學也不曾如此過。而這一切一切大力都看在眼裡。對一個才剛上小學的孩子來說，實在是很難得。然而這樣的早熟，未必是件好事。

坐在位置上，兩隻又黑又圓的大眼睛不斷的轉著，看看吊扇、瞧瞧黑板，不時的打量著身旁的同學—多數都是一臉茫然的表情，情狀糟一點的則是癟著一張嘴，一直望向窗邊，似乎期待著爸爸媽媽及時的出現，趕緊帶他逃離這樣一個奇怪的地方。當然其中也有一、兩個小男生頑皮的朝他吐舌頭，扮鬼臉，不過即使如此大力依然不為所動。

除了她，田宇欣。只有她，沒有迴避他的眼神，也只有她，以一種似笑非笑的眼神回應了大力。對於一個小學生來講，當然不會有什麼情愫可言。不過就是一股隱約的預感，告知他：她是個特別的女孩。

隨著天氣逐漸轉涼，學校的生活，也漸漸的從一種奇特的冒險經驗，變成生活最自然不過的一部分了。大力在校的表現也和在家裡一般的討長輩的歡欣，特別是導師從來不吝於誇讚他的細膩與貼心。在這樣的肯定之下，讓大力有更多的動力去體貼身邊的人。當然，第一個就是他最愛的媽媽。

從懂事以來，大力就看著媽媽朝七晚八辛苦的工作，回來之後也無法好好歇息。蠟燭兩頭燒的一天過一天。而父親一回家就只是東西一攤、催著開飯，有時似乎意識到孩子的存在，隨口就以「功課做完了沒？」一句話，來表達父親權威式的關心。

他明顯感受到父親這些行為帶給家裡愈來愈不好的氣氛，可是早熟的他，不做任何的表達，從二年級開始，大力自願幫忙媽媽摺全家的衣服以及熨燙爸爸的襯衫。這些貼心的舉動自然為他博得更多長輩的憐愛，但是卻也形成了更大的矛盾——他父親開始埋怨太太把唯一的兒子教得愈來愈像女生。

「我拜託妳好不好，一個男孩子從小愛玩洋娃娃已經夠怪異了，你現在還教他燙衣服、縫鈕扣這些針線活兒，他是閨女不成？真要教，也去教妍安好不好！別忘了她才是女兒！」父親大聲的對母親咆嘯著，卻不見母親有任何的回應。

房門的確是留著一條縫，不過大力連在門縫偷看的勇氣都沒有，他靠著牆手裡還緊握一件未摺好的衣服，身旁的姊姊不但無法帶給他些微安全感，反倒令他更加的坐立難安，這樣的不安，來自她那冷冷的眼神。

在此之後，大力就很少幫忙這類的家務了，只有極少數父親加班的時候，他才敢把父親交代姊姊幫忙處理的衣物趕快收拾好。一旁的姊姊面對這樣的舉動卻是裝作沒這回事，然而當爸爸誇讚的時候卻又十分自然的邀起功來。

「我不在意，只要媽媽可以不要那麼累就好，真的！」大力溫柔的梳理芭比的頭髮時這樣看似堅強的說道。

這也是第一次，讓大力懵懂的心思似乎約略的意識到「性別」這種差異的存在。

更令人不解的是，從前玩在一塊，感情挺好的姊弟倆，怎麼從姊姊上小學後會產生如此巨大的質變。不過姊姊卻也不像一般的兄姊，會和弟妹清楚的劃分「財產」，反而大方的把所有以前共同擁有的芭比娃娃毫無條件的讓給弟弟。這樣的慷慨當然會使大力無所適從，不過對一個孩子來說，眼前的擁有的快樂是足以忽略一切瑣事。

對大力來說，這樣的日子也沒什麼不好。雖然在家要忍受爸爸那種失望的眼神，以及姊姊冷淡無情的態度，對於前者，或許還能試著去理解，但是之於後者那莫名的不善，以一個八、九歲孩子的心靈，實在難以承擔。

幸好還有芭比，這是他唯一的慰藉，可以在睡前屬於自己的時間之中，將一切向她傾訴，父親雖然知道他有這樣的舉動，卻也沒明確制止過他，即便是在那次與太太嚴重的爭執過後，大力為此也感到訝異、當然也帶有相當程度的感激。

再多的委屈，在芭比陪伴之下以及隨著隔日的黎明到來，也都不算什麼了，因為在學校還有一群要好的朋友等著他，想到這，大力總是可以不帶負擔的笑起來。然而這樣的景況卻沒持續太久……

升上三年級之後，對大力來說他又有了新的挑戰，就是必須認識一群新同學。面對著極少數熟悉的面孔，大力難免顯出不安，不過先前成功的經驗，也給了他更多的信心。開學第一天老師就宣布：「為了要使同學更瞭解彼此，明天每個人要帶一樣自己最喜歡的物品，可以是一本書、一份紀念品，當然也可以是平常愛玩的玩具」，這樣的消息當然讓班上小朋友非常興奮，之前偷偷帶漫畫來學校看都會被沒收，更別說是玩具了，就算小心的只和信得過的朋友分享，也難保不會有愛打小報告的討厭鬼會向老師告狀。

當同學們陷入一陣瘋狂之中，大力同樣難掩心中的興奮，在心裡說道：「終於有機會可以帶芭比來學校跟同學一起玩了，學校的同學都和我都那麼要好，應該也會喜歡芭比吧？而且啊！芭比每天都只能待在家裡，我幫她換上最新的衣服跟漂亮的髮型別人都看不到，很可惜耶！」

但他好像忽略了，這裡是三年丁班，不是一年丙班。而他似乎也忘了上小學的前一晚，媽媽對他的叮嚀。

隔天，他特地起個大早，避免爸爸發現他手裡提著大包小包的東西，那是他用來保護芭比和其他飾品、配件的盒子。到了教室裡，卻出乎意外的發現班上同學也都差不多到齊了。這是當然啦！應該沒有一個孩子會願意錯過如此難得的一天，好多男生已經趁早自習時和幾個同學交換了玩具來玩。其中不少孩子臉上露出洋洋得意的笑容，不斷大聲的向別人炫耀自己手上限定版的模型。誇張的是，教室甚至有個角落被一個戴著細黑框眼鏡，一臉科學家樣子的小男生所帶來一整組的軌道車給霸占了。

沒有欣羨的眼光，讓大力可以自在的找到一處靠窗的位子坐下，靜靜的等待老師宣布活動的開始，他應該也是當場唯一一個耐得下性子不玩玩具的男生了。這也引來少數同學的好奇，特別是他桌邊的大盒子。

「這是什麼啊？」突然一個不認識的女生問到。

「好大的一盒喔！應該是組合的戰隊吧？」附近的一個小男生迅速靠過來說，而吞世代無理的孩子又總是未經同意就擅動他人的東西，伸手過去就要打開盒子。

說來也矛盾，昨天還興沖沖的想帶芭比來學校和同學一起玩，現在卻無來由的產生了些遲疑，而就在這一瞬間，上課鐘響了，瞬間也解除了些尷尬。不過也引來不少同學對大力及他身旁的大盒子感到好奇，尤其是剛才動手要拿盒子的小男生，在走回位子的同時還頻頻回頭。

「好了！好了！我們今天是要小朋友們都能更認識彼此，所以才要大家介紹心愛物品，不是同樂會喔！請大家先把手邊的玩具收好，專心聽台上的同學自我介紹，等老師點到名字的時候再帶著妳要介紹的物品上台來。」導師蔡老師是個剛實習完沒多久的年輕女老師，但是從她堅定的語氣讓人很難相信是執教不滿五年的菜鳥老師。

其實也夠無趣的了！座號排在前面的男生們，幾乎都拿最新的模型玩具上台去，盡講些這型號有多新、多特別，不只台灣沒有進口，甚至還是限定發行的。口沫橫飛的模樣，活似兒童版的電視購物台。不知哪部分的內容可以令同學加深對自己的瞭解。

對此，可愛的蔡老師也只是用滿臉的苦笑和熱情的掌聲來回應這些未來棟樑。而離老師辦公桌不遠的大力卻愈顯不安……

「怎麼都沒有男生跟我一樣喜歡芭比呢？之前姑姑跟表哥來家裡時說我玩娃娃很奇怪，好像真的是如這樣耶！」大力心裡不禁這樣擔心。

「下一個，張大力！」老師點名的時機好像有那麼點突然，卻又不令人意外。大力聽到了，就匆忙提著袋子跑上台去。

「老師、同學大家好，我叫作張大力。我今天帶來的東西是我平常……」正當打開盒子的瞬間，同學們劇烈的反應，完全蓋過了大力接下來的字句。

「我的媽呀！他玩芭比娃娃耶！」一個平頭的小男生興奮的吼道。反應之大讓大力心裡更慌了，因為發出這樣笑聲的，並不只他一人而已。

只見同學們的譏笑聲此起彼落，大力的脊柱只感到一股令人寒到發毛的涼意，身後的黑板彷彿就是黑洞般要將他吸入，而此時腦中除了空白之外，還是空白。如果只是男生們鼓譟的笑罵聲，大力或許還能以他們習慣欺負別人、行為太幼稚為由，盡量不去放在心上，可是讓大力心碎的是—台下的女同學那種詫異的眼神、半掩嘴的竊竊私語、加上那詭異的笑容。

男生要是排斥我、嘲笑我，也許是因為我玩的玩具和他們不一樣。但是為什麼連女生都要這樣？雖然她們的態度收斂許多，可是那種咯咯的笑聲，實在是直接刺入人心，她們自己不也很喜歡玩芭比娃娃嗎？類似的問題當下在大力心中迴旋千遍。

「安靜！安靜！小朋友要學習尊重台上的同學啊！大家先聽大力把話說完，等一下老師會給同學時間提出問題。對了，大力，那個娃娃是不是有什麼紀念價值，是哪個節日的禮物？還是特別的家人或朋友送你的嗎？」蔡老師似乎也被混亂的秩序給影響到了情緒，但是理智跟經驗都告訴她，要好好為這孩子解圍。不過她如此一問反倒使大力更加不知所措。

「嗯，我的……這是我的芭比娃娃。」只是短短一句話，卻明顯聽得出聲音的漸弱。

「嗯嗯！老師知道是你的，大力你先不要緊張，老師剛剛只是問你手上的娃娃應該是紀念品吧？是紀念哪個家人朋友？還是什麼紀念日的呢？」老師表現出似乎已掌控住整個場面，開始拿出應有的專業來引導台上這害羞的小男孩。不過相對之下，台上的大力卻愈顯緊張，只見他雙頰愈來愈紅。

「她不是什麼紀念品，她是我從小到大最愛的玩伴……我每天都會跟她玩。」大力鼓足最後一點的勇氣，盡力的大聲說道。台下短暫的安分又被打破，換來比剛剛更大的騷動。另外還有一點不同－方才鎮定的老師似乎也被這情況給考倒了，雖然多元性別在今日社會已經不是太前衛特異的話題，但是校園中卻少見到推行這樣的課題，至少在中小學校園裡不曾見過。

面對這情形，再有經驗的老師也都會被考倒，即使不然，也會猶豫一下該如何收這攤子才好，只見老師似乎是為了剛才問了不太適合的問題感到一點懊惱，她輕抿下唇，試著用較為嚴肅的表情，讓小朋友感受到一些壓力。

「大家安靜！不可以這樣嘲笑同學，剛剛不是才說要尊重同學嗎？大力喜歡玩洋娃娃也沒什麼不可以啊！這就是他的興趣！就像雄義、晟雄喜歡模型玩具一樣，每個人都可以有自己的興趣，並不需要跟別人一樣。」老師語氣故作堅定的說道。這樣的下馬威，也收到一定效果，但就如同以往的經驗一般，同學在老師面前淨是表現友愛的一面，可是私底下的大力一點也不好過。

有一次，美勞老師要大家發揮創意，把生活中的舊物拿來加工裝飾一番。可以預見到，男生一定是拿出將要淘汰的模型自行土法煉鋼，期待能夠超英趕美；而女孩們總愛和朋友交換些可愛的飾品小物為自己的舊布娃娃改頭換面。

而大力呢？平常自然課至少會有貪玩的男同學為了偷懶，找還算靈光的大力一組。但是在此刻，他就只有孤單的份了。手裡拿的是表姊長大後不玩了的小布娃娃，孤單的聽著同學們的喧鬧聲，一陣一陣的在耳邊迴盪。

當時巡堂的就是蔡老師，看到了這一幕，真的讓她十分心酸，那一刻她心裡想的只有一件事：「我到底該如何幫這獨特又善良的孩子？」

而另一個在心裡這樣想的，是大力的母親。當天放學回家，大力哭了，也是他第一次為了「娃娃」而哭。

「媽媽很愛你，你知道嗎？」媽媽溫柔的問大力。

「我知道。」大力緩慢的回答道。

「所以你會在意媽媽的感受吧？」媽媽再問。

「嗯，我很在乎媽媽。」大力激動的說。

「那媽媽要告訴你，媽媽覺得你玩洋娃娃並沒有什麼不好，也不希望你為了某些同學的反應或看法改變自己，好嗎？」媽媽仍舊溫柔的說道。

「好，我知道了。」大力拭淚完了之後說。

一瞬間，彷彿一切壓力都舒展開來了。現在他知道，至少，他可以毫不遮掩的做他自己—在一個人面前，他的母親，他最愛的人。

03
舞蹈表演

這天，四年丙班要代表學校去參加台北市的啦啦隊比賽，許多家長早早就請了假，跟孩子到教室幫忙梳妝打扮，力求讓所有的小朋友都能以最光鮮亮麗的樣子站上舞台。

「李媽媽，可不可以麻煩您到那裡跟劉媽媽一塊兒幫孩子化妝呢？林先生，謝謝您來幫忙，等等可能要麻煩您一起送彩球和字板到會場了……田宇欣，不要動！老師要綁後面的蝴蝶結……」老師忙進忙出，一邊要招呼家長一邊還要控制整班孩子。

「已經穿好衣服的人就過來這邊讓我們化妝喔！」李媽媽與劉媽媽選定教室另一角的兩張桌子，開始招呼小朋友們過來。

因為大力是男生，需要穿的衣服不過是一件背心和一條短褲，於是就蹦蹦跳跳跑到李媽媽跟劉媽媽那兒排隊等化妝。

但到了隊伍附近，大力停下腳步，因為他看到同學們正擠在一起唏唏嚇嚇的講悄悄話，而且偷偷的你推我擠，沒人想當第一個。

大力觀察了一陣子，發現同學似乎是因為害怕所以不敢前進，但是化妝有什麼好可怕的呢？大力甚至平常就會幫媽媽化妝了呢！於是，他決定自己走上前當第一個化妝的人。

「很噁心欸，你走開啦！」果然，大力走到一半就被吳晟雄憑空推來一把「那麼想被化妝，你是女生那麼愛美喔？」吳晟雄繼續消遣大力。

「你怎麼會穿褲子啊？那麼喜歡玩芭比，你應該要去女生那邊穿裙子啊，老師還會幫你綁蝴蝶結呢！」後方一群男生也吱吱喳喳開起大力的玩笑。

「吳晟雄你們很煩，我們女生哪裡跟大力一樣了，長得就不一樣好不好！他明明就是你們男生那邊的。」田宇欣在隊伍後方氣呼呼的插進一句。

吳晟雄瞪大眼睛，站到已經算高的田宇欣身旁用身高優勢斜眼瞄她：「我說他像女生，就跟妳們一樣愛美！」

田宇欣也不甘示弱瞪回去：「我說他就是男生啦！」

大家七嘴八舌，男生一國、女生一國，張大力站在邊緣不知該如何是好，為什麼只不過是愛玩娃娃就要被大家排擠，沒有人喜歡他呢……

「不要吵！乖乖排好隊。」老師從教室另一端聽到紛爭，停下手上的工作，一聲令下就讓這群皮猴子乖得跟廣場上曬的魚乾一樣直挺挺的排整齊。

平常就被欺負習慣的大力默默走到隊伍的尾端，低頭看向球鞋上的蝴蝶結。

前面的每個男生一看到李媽媽和劉媽媽桌上那一整套化妝用具，都不願意輕易就範，老是左扭右扭，不是讓粉底液沾上衣服，就是讓口紅一筆畫到眼角去，成了「黑暗騎士」裡的小丑啦！

「你們這群孩子實在是……」李媽媽忍受了好幾隻毛毛蟲，終於鐵了心，板起臉孔，緊緊箍住吳晟雄的手臂，讓他吃痛的「唉唷」了一聲。旁邊的郭雄義看了，在劉媽媽手中站得比憲兵還要穩。

前面的男孩子化完妝後全部一溜煙跑得不見人影，最後終於輪到張大力了。

「大力啊，你的皮膚真白。我們家義雄老是去打籃球的，黑得跟炭一樣。你有跟他們打過籃球嗎？」李媽媽問道。

張大力閉著眼忍受化妝海綿用力的塗抹，小小聲的回答：「沒有，我不喜歡打籃球。」於是李媽媽接著問：「那你喜歡做什麼運動呢？」大力囁嚅著說：「我……討厭運動。」

李媽媽停下手中的動作，想了想，笑著說：「唉呀，才四年級就這麼愛玩電動啊？這麼宅不好喔，視力也會變差呢！」張大力越說越小聲：「我也不很喜歡打電動……」

李媽媽一邊打開眼影盒，一邊問：「那你平常喜歡做什麼呢？」張大力視線對著球鞋回話：「我喜歡玩芭比娃娃，也喜歡玩媽媽的化妝品。」

李媽媽哈哈笑了起來，手倒是沒停，依舊大筆大筆的往大力的眼皮上塗眼影。她說：「男生怎麼會喜歡這些東西呢？不過至少你媽媽不需要像我一樣每天洗臭烘烘又髒兮兮的衣服，只是化妝品少得很快，化妝品又不便宜，也一樣困擾啦！」

大力聽了並沒有覺得很開心，因為李媽媽好像在嘲笑他的媽媽，他只好默不作聲，乖乖聽任李媽媽在臉上恣意揮灑。

幾分鐘後，張大力在李媽媽「巧手」下，成了一個大花臉，菱唇畫成血盆大口，深藍色的亮粉眼影還在眼皮上畫成一大片，更不用說張大力原本便很白嫩的臉龐這下倒成了塗了白漆的牆了！

逃離李媽媽和同學的魔掌後，大力溜到廁所裡，小心翼翼的蘸水把誇張成兩倍的嘴唇洗回正常的大小。看向鏡中的自己，大力想著，要是自己來畫，應該會用粉嫩色系的彩妝，讓大家的氣色更好。也許，還會帶個亮粉，灑在同學的頰上，讓大夥兒在燈光的照耀下變得閃亮動人……

「嗚……」張大力嚇了一跳，隔壁的女生廁所傳來小小的啜泣聲。大力又等了一會兒，又聽到短促的抽噎，聽起來哭得很傷心的樣子。

「同學，妳……怎麼了？」張大力怯生生的問，畢竟大多數的同學都不喜歡他，在人家難過的時候打攪，雖然是好心，但還是可能碰得一鼻子灰。

「嗚……人家被畫得好醜。」對面的女生這樣回答。

唉呀，想來是遇到同班同學了！大力說：「我……是張大力，你願不願意讓我幫妳看看？我很會幫娃娃化妝的，而且我平常也會幫我媽媽化妝喔。」

「你看到一定會笑我的！」對面的女生可憐兮兮的說。

「我發誓一定不會笑，要是我笑我就……就讓吳晟雄打一個禮拜！」大力一時不知道要怎麼說，脫口而出的話卻讓女同學「噗」一聲笑出來了。

「好吧，那我去外面走廊，絕對不可以笑喔！」女同學開水龍頭洗了手，就走

出廁所了。

張大力走出去，看到的正是田宇欣頂了一張比自己還誇張的大花臉，她哭喪著臉，兩手一攤對他說：「看吧，我變成這種樣子了。你可以笑啦，我自己看了都很想笑。」

「不，我不想笑妳，被畫成這樣妳一定很難過。」張大力很認真的說著。

張大力把田宇欣帶到男生廁所的洗手台前，用手蘸了蘸水，把厚厚一塊唇膏抹掉，再把眼影洗去一大半。於是田宇欣睜眼，看到鏡中的自己總算不再像嘉年華會的小丑，現在頂多像個濃妝的村姑罷了。

「你很厲害呢！」田宇欣由衷的說。

「我本來就很喜歡玩娃娃，也喜歡化妝品。剛剛李媽媽把我畫得很好笑，所以我才來廁所洗掉一些。」張大力有點不好意思的說。平常可沒同學這樣稱讚他呢！想到這裡，大力白白的粉底下似乎有點臉紅了。

「那，跟我來！」田宇欣突然抓起張大力的手，把他帶往教室。大力不明所以，糊里糊塗跟著回到教室外，只聽田宇欣從窗外叫了一些女生出來。

天呀！每個女同學平常兇巴巴的，這會兒全都變成一隻隻嘟著嘴還泛淚的小花貓，因為他們臉上的妝實在是可怕至極，不是唱京劇的丑角就是彩色石膏像：前者自眉心長了一大塊粉底沒推勻的白斑，後者油光滿面，像上了釉彩似的。

這群女生手足無措的看著張大力，平常她們故意捉弄的對象，現在卻成了救星。

田宇欣說：「張大力，你看，我們班這麼多同學都被畫成這個樣子，你可以幫幫她們嗎？」女生們聽到這句話，全都低頭哀求說：「張大力，請你幫幫我們吧。」

她們臉上的懺悔是真心的。平常她們也跟張大力一樣愛玩娃娃與化妝品，但老是不讓大力一塊兒玩，覺得他很噁心，但現在她們卻對臉上的慘劇毫無辦法，只能指望大力像救田宇欣那樣幫助她們。

大力對於這樣的恭維感到不太自在，但看著同學們被弄成這副德性，也不知道該怎麼辦才好。

「欸，大力，你的妝怎麼比較好看？」平常令大力聞風喪膽的聲音從一旁傳來，是吳晟雄，但他這時的聲音卻像是朋友一般和平。走廊上的同學們轉頭一看，立刻掩住被畫得鮮紅的嘴，但仍掩不住溢出的吃吃笑聲，因為吳晟雄實在是被畫得太好笑了：他原本是黑皮膚、魁梧的身材，雖稱不上滿臉橫肉，但一張大臉不是怒目瞪視或是見獵心喜，平時也夠駭人了；現在臉上卻被潑了一層白油漆，眉毛成了兩座黑不溜秋的直角三角形，眼睛上方有兩團藍色眼影，仔細一看，亮粉還特別集中在眼角，更不用說頰邊兩坨不對稱的腮紅以及被畫成下彎的嘴唇，讓吳晟雄現在活脫脫是個哭泣的小丑。

大力是唯一沒有笑的人，他很認真的回答這位平常欺負他的小霸王：「因為我平常就會自己化妝，所以我剛剛去廁所整理了一下。」田宇欣在一旁幫腔：「對啊，他也幫我弄得比較好看了。」

吳晟雄皺起眉頭，說：「你還真有兩下子，那現在這麼多人都被弄得那麼可怕，你要怎麼幫我們修？」

大力手插腰，咬著嘴唇認真想了幾秒，然後挑起眉毛開心的說：「我覺得，不如請阿姨讓大家把妝都卸了，換我來幫大家化妝吧！」

教室裡的家長們跟老師正忙著打理女生的服裝，大力走向李媽媽及劉媽媽，很有禮貌的說：「李媽媽跟劉媽媽，真的很謝謝您幫我們化了這些妝，可是有些同學剛剛一不小心弄花了，不知道可不可以請您允許那些同學卸妝，我可以幫忙再把妝畫好。」

李媽媽與劉媽媽正筋疲力竭，覺得再也無法應付其他狀況，當然不可能再提起力氣幫一票孩子化妝。於是把箱子遞給張大力，告訴他各項用具在哪裡，就讓他自己去了。

田宇欣一行人等在教室外，看到張大力拎了兩個化妝箱出來，急匆匆搶過一個箱子，抓起大力的手，領一票同學往廁所衝。

在大力的指導下，你幫我，我幫你，大家都很仔細的把彼此臉上的妝擦得乾乾淨淨，以免傷了皮膚。

接著每個人輪流擠了些粉底液，按照大力說的方式在臉上輕輕點了幾點，擠到鏡子前面推勻，不放過任何一個細節，也不會塗得太用力。

結束基本動作後，同學們乖乖的在廁所前排起隊，讓大力畫剩餘的妝。比較高大的同學，像是吳晟雄，甚至辛苦的半蹲著，好讓大力不會太麻煩。

大力在同學的臉上實現幻想，這下每個同學不僅恢復正常膚色，痘痘或疤痕還能被粉底蓋住；整體泛起健康的粉紅色，眼窩藏著從棕紅到淡紅，兩頰的雲彩上甚至有些許亮粉，使唇色的鮮紅色不至於太過突兀。

女同學們在鏡子前爭先恐後，田宇欣用力擠到最前頭，端詳自己真的達到化妝用意的美麗臉龐，完全忘了先前在廁所內啜泣時有多難過，綻放一張大大的笑臉對大力說：「你真是太厲害了！」然後蹦蹦跳跳的跑回教室。

其他女生甚至忍不住摸摸彼此的臉，互相稱讚「妳跟海派甜心一樣美」或是「哇，好萊塢明星，妳要去走紅的毯嗎？」然後笑成一團。

吳晟雄從男生廁所走出來，用力拍拍大力的肩膀，說：「我還是覺得你很奇怪，一個男生居然不愛運動只愛化妝和玩娃娃，但是你真的很厲害！」說完他就頭也不回往教室去了。

大力被拍得有點頭暈目眩，然而他很高興平常只會惡言相向的吳晟雄竟然也稱讚他，只不過是因為他決定用棕色與黃色等大的色系幫吳晟雄打造陽光形象，讓凶神惡煞一轉成了帥氣，與原本的膚色相比也不覺得怪異。

大力收拾好用具回到教室，將化妝箱還給兩位媽媽，然後排進隊伍中，準備跟同學一塊兒搭遊覽車，代表學校去比賽嘍！

到了會場，大力眼睛一亮！全場有好多好多人都畫了漂亮的妝容，穿著色彩繽紛的啦啦隊衣，就像是真人版的芭比娃娃博覽會。

當他們坐到指定的席位，大力忍不住在座位上扭來扭去，一會兒忙著看左邊高中組的大哥哥大姊姊們從舞衣裡露出的肌肉線條，一會兒忙著看右邊國中組的哥哥姊姊們臉上的妝有多麼漂亮，雖然鮮豔但非常吸引人。大力在心底暗暗記下這些配色及圖樣，決定回去也要幫媽媽畫這麼漂亮的妝……也許先在芭比娃娃臉上試試吧？

高中組與國中組先上台表演，大力在台下充滿讚嘆的看著舞台中央那些哥哥姊姊如何展現活力，臉上不僅有美麗的妝，還有真誠的笑容。

輪到四年丁班在舞台上時，大力跟其他同學一下子手牽手，一下子又勾著臂膀轉圈圈。那些今天受了他幫助的同學都對他報以不好意思的微笑，而大力看著他們臉上的妝，想到那是「自己的作品」就覺得暈陶陶的。其他沒有被他幫到的同學，在聚光燈的照射下顯得更為可怕：白得嚇人、藍得讓人心寒、又紅得扎眼。

幾分鐘後，四年丁班的表演就在田宇欣完美的三個側翻後結束。

搭著遊覽車回學校的途中，大力看向窗外的藍天。「這個藍，如果穿在我們身上，又搭上白色的雲彩，那我們就跟天空一樣廣闊了呢！」他想。

這天的比賽結果雖然只有銀牌，但大力覺得今天的收穫實在是太豐富了，不僅得到許多同學的讚美，還看到許多值得學習的對象。

大力一回家馬上拎起幾個姊姊丟到垃圾桶卻被他撿回來的芭比娃娃，在她們的塑膠殼上試驗。不論是頭髮綁成高高的馬尾或是長長的辮子，臉上畫起或濃或淡的妝，成品都跟白天看到的大哥哥大姊姊一模一樣。對一般人來說，那不過是玩具，但對大力來說，它們已經變成一張張珍貴的畫布。

但他知道，這件事不能給爸爸知道，不然爸爸又要氣到不跟他說話了。所以大力再看一眼自己的傑作，趁爸爸還沒回家，小心翼翼的把芭比們擦拭乾淨，還原回長髮披肩的樣子，然後收到床底下最深最深的角落。

晚上上床後，大力抱著床上的鴨鴨玩偶，高興得在床上滾來滾去，因為他發現了比隨意幫娃娃換衣服、玩辦家家酒更有趣的事兒了，而且這很像是一門學問呢！他決定要多多觀察其他人的打扮，然後回家再依樣畫葫蘆，讓芭比變得更漂亮，最後再讓媽媽變得比所有人都漂亮！

04 聲名大噪

隨著那次舞蹈比賽獲得了名次，老師除了讚許小朋友們的努力，也注意到了大力的天賦，並且心裡想著要好好利用這個天賦讓大力在學校不再感到孤單。

「大力，這次的比賽可以請你幫忙同學們化妝嗎？」老師在班會的時候公開的問了大力，對於近來的比賽，是否可以請他幫忙。

「我？」大力有點驚訝的表達了疑惑。

「是啊，我想同學們應該都對你上次的表現印象深刻才對，是不是啊？小朋友們。」老師又以帶著些許讚許的語氣問了所有在場的小朋友們，並示意要小朋友給點回應。

「是！」台下的小朋友們齊聲喊道。

「你看，大力。同學們都很希望你幫他們化妝呢！所以這次的比賽的妝髮可以交給你了嗎？上次同學的媽媽也對你的技術感到非常驚豔噢，所以她們說化妝的工具還是由她們提供噢！但是化妝要由大力來幫忙！」老師用一種堅定的眼神看著大力，同時教室內的小朋友也用相同的眼神一起看著大力，期盼大力接下來的回答是肯定的。

「嗯……好吧。」大力有點害羞的低著頭，緩緩的說出了這些字，但感覺得出來，大力的內心是非常開心的。

從那天之後，大力每天回家就是開始練習化妝。

大力的媽媽看到了這個情況也感到稍微的安慰，至少大力不是愁眉苦臉的回家關在房門內鬱鬱不樂，大力平常上學的時候，臉上也開始慢慢出現了笑容。倒是大力的爸爸反而更加憤怒了。

結束了一天工作的爸爸回到家，臉上表現出不悅，原來是今天在公司被上司因為一個企劃案的錯誤，死死的咬著，訓了將近一個小時的話，讓他在公司同仁面前感到有點丟臉。

「我回來了。」爸爸開門邊脫鞋子的時候邊講著。「大力呢？」他看到了女兒跑到了門口迎接回家的爸爸，便順口問了一下大力的姐姐。

「大力在房間裡玩。」姐姐天真的告訴爸爸。這時爸爸的腦中卻浮現了大力又在一個人把玩著芭比娃娃的畫面，心裡那股莫名的憤怒又爬了上來，於是也沒多管女兒，把公事包就直接丟在玄關，氣沖沖的就往大力的房間移動了過去，動作粗魯的打開了門。

「爸爸！」大力嚇了一跳，但他馬上就恢復了，接著說「你回來啦！」用那燦爛的笑容給爸爸回應。

「你又……」爸爸好像本來有什麼話到了嘴巴又硬生生的吞了回去。

原來爸爸以為大力又在玩他的芭比娃娃，結果看到大力的手上沒有娃娃，他就稍微克制自己把責罵的話收了回去。

但是突然間，爸爸發現大力手邊竟然有一堆不應該出現在他身邊的東西：口紅、粉撲、睫毛膏之類的……此時此刻，爸爸那本來已經壓抑下來的憤怒，又慢慢的升了上來。

「你到底在幹什麼，張大力！」爸爸的聲音好像快把房子給震垮了。連在廚房的媽媽都趕了過來。這時大力也完全的被爸爸嚇傻了，連哭都來不及哭。

就看到爸爸瞬間把他手邊所有的化妝品都拿了起來往房門外面丟，並且用鄙棄又兇狠的眼神看著大力。

大力受傷極了，但他不知道該怎麼反應，只是傻傻的坐在那裡，兩眼看著爸爸，過了幾秒鐘才開始眼眶泛淚。

但他知道他絕對不能哭出聲，不然爸爸一定會更加的生氣。這時媽媽到了大力的房門口，看到了這個情景。

「你知不知道自己到底在幹什麼啊？」媽媽面對著爸爸，並以有點指責的口吻跟爸爸說道。

「妳看他一個男生到底在玩些什麼東西，書也不好好念，成天就只會抓著女生的洋娃娃到處跑，現在更離譜了，還拿起了化妝品，像話嗎？」

爸爸依舊氣沖沖的說著，彷彿把所有的錯又轉到大力的媽媽身上。

大力看著這個情景，深深覺得都是自己的錯，整個晚上家裡的氣氛降到最冰點，爸爸關在房間裡連飯也不肯吃，大力也吃不下飯。

媽媽則是裝作沒事的告訴大力：「大力，做你喜歡的事就好了，爸爸只是今天心情不好，不要太在意爸爸的話，知道嗎？」，大力沒有說話，只是微微的點了頭，但他也不再練習了。

隔天一早到了學校，大力坐在位置上不發一語的，老師也察覺到了大力的異狀。

「大力，練習的還順利嗎？」老師趁著下課的時候走到大力的座位旁邊關心著大力。

「老師……」大力的聲音帶著莫大的沮喪。好像想說些什麼卻又不知道要如何開口，支支吾吾的。

「大力遇到了什麼問題嗎，老師可以聽你的困難喔，有心事說出來心裡會舒服一點的。」老師溫柔的說著。

「老師，我不想幫同學化妝了。」大力認真的說著。

「為什麼呢？大力，是因為發生了什麼事情嗎？」老師聽到大力的話、看著大力的表情，不禁有點緊張了起來。

大力一五一十的將昨天晚上發生的事情跟老師說了出來，當然老師也察覺了大力的無奈與傷心。

「沒關係！大力，老師今天放學去找你爸爸談一下，我想如果由老師去講，你爸爸應該就不會那麼生氣了。」老師說完。大力的眼神彷彿又恢復了生氣，用力的點了點頭。

放學的鐘聲響起，大力等著老師收拾好東西，兩個人一起往大力的家走去，一路上老師一直跟大力聊天，想好好的了解這個特別的小孩。

結果發現，大力真的是一個很乖的小孩子。不知不覺已經到了大力的家門口，大力按了電鈴，過沒多久，大力的媽媽出來應了門。

「咦！老師？」媽媽有點驚訝的說著。之後馬上又問：「大力在學校犯了什麼錯了嗎？」。

「沒有啦，大力在學校很乖的，別擔心囉！張媽媽。」老師說完，在大力媽媽臉上有點緊張的表情也瞬間不見了。媽媽緊接著說：「喔喔，那就好。真不好意思，老師快進來坐啊！」。

大力一個人就先回了自己的房間，而老師跟媽媽就在客廳裡好好的交流了一下彼此對於大力的認識，老師也表達出想幫助大力的決心。

「也不知道他爸爸昨天到底吃錯了什麼藥？竟然會那樣跟自己的小孩子說話，

大力都嚇傻了。」媽媽跟老師抱怨著昨晚的事情。

「我想那只是昨天一時的情緒才是，所以我今天特地過來想好好跟大力爸爸好好的談一下。」於是媽媽跟老師就這樣聊天一直到了傍晚，門口傳來了聲音，是大力的爸爸回來了。

「我回來了！」爸爸說著。

大力的媽媽出來到了門口，並且跟爸爸說老師來家裡做家庭訪問了。於是大力爸爸趕緊回房換好了衣服之後到大廳找老師。

爸爸看到老師禮貌性的問了好後便坐了下來，先是疑惑著問著……問了跟大力媽媽一樣的問題。

「大力在學校發生了什麼事了嗎？是成績太差跟不上進度？還是犯了什麼其他錯誤？」大力的爸爸說著。

「沒有的，張先生。大力在學校很乖的，他上次還幫了班上同學很大的忙呢！我今天是特地來誇獎他的。」老師誇獎著大力。

「幫上了什麼忙？我們家大力什麼都不會啊！」大力爸爸疑惑著。

「就上次我們學校的比賽啊，因為沒有人會化妝，有個小女孩還因為某個同學的媽媽化的妝不好看哭了起來，結果最後還是大力幫忙才讓小女孩停止難過，還因為幫忙全班化妝，讓班上拿到舞蹈比賽的名次呢。」

「喔……」大力的爸爸冷冷的回了一句。

老師看到了這個情形，接著說：「其實，大力有他自己的天分，現在他才不到十歲，應該讓他去發現自己的興趣啊！張爸爸，如果逼著一個小朋友去排斥自己喜歡的東西，或是去喜歡自己不喜歡的東西，對未來的人格形成其實是一個很大的負面影響的。」

大力的爸爸若有所思的臉上，浮現了一點點愧疚的表情。這時老師又說了：「大力是個很特別的孩子，也很善良，如果家裡的人可以支持他喜歡的事情，我想大力將來一定會是一個成功的人，人不一定要當醫生當律師之類的，反正行行出狀元嘛，大力如果以後可以成為一個享譽國際的造型師之類的，那不也算是一個成功的人嗎？」

大力的爸爸清楚老師是因為昨天的事情來的，他也知道自己昨天是把在公司受的一肚子鳥氣遷怒到大力身上，於是他同意了老師的說法，也允諾老師不會再排斥大力的興趣，但他心裡知道他還是……沒辦法接受一個男孩子玩著芭比娃娃跟化妝品。

尤其當這個男孩子還是自己的兒子的時候，那感覺更加難以承受了。畢竟大力爸爸的觀念還是傳統的。

「我們最近又有比賽了，所以我拜託大力比賽那天幫忙同學們化妝，畢竟他的技法比一些大人還要漂亮。比賽是在下個禮拜天，到時候希望你們也能來看看，你們會發現大力其實真的很優秀。」老師試圖邀請著大力的父母一起到比賽會場看看大力真正的實力。

這天對於大力來說或許是個人生的轉捩點。

因為老師的熱心幫忙，在家裡他不再害怕爸爸，而大力的爸爸也開始慢慢的寬了心，不再用一般傳統的眼光看待自己的孩子。家裡的氣氛也開始慢慢的變好。

很快的，比賽的那天到來了，大力的父母坐在觀眾席上。而大力正忙著幫班上每個同學上妝。

「大力，我的頭髮是不是歪了啊？」

「大力，我右邊的臉是不是還沒化好？」

「大力，可以幫我調整一下這裡嗎？」

班上同學的聲音此起彼落著，大力好像學了分身術一樣的，熟練的幫著每個同學打理好妝髮。

終於，要換到大力的班級上場表演了。

「不知道大力準備得怎樣？」大力的媽媽在觀眾席上擔心著。

「讓我們歡迎接下來的參賽班級。大家用掌聲歡迎他們。」主持的老師介紹著他們出場。

忽然觀眾席全部都瞠目結舌，因為這個班級的造型根本就是比其他班級的水準高出了太多了，都還沒開始表演就已經抓住了所有人的目光。

「這都是大力一個人弄的嗎？」大力的媽媽欣喜的抓著隔壁的爸爸，爸爸的臉上也露出了一絲絲為自己的兒子驕傲的表情。

很快的全部的表演都結束了，到了要頒獎的時刻。最後……是由大力的班級拿到了第一名。

此後的所有比賽老師都會請大力幫忙，而大力的父母也都會出席替兒子加油。漸漸的……大力的人緣也愈來愈好，尤其是班上的女同學更是把大力當成偶像一樣的崇拜。

這天是老師要去相親的日子，但是學校的工作沒辦法推開，等到全部的學生下了課，也已經傍晚了，根本沒時間回家好好的打理自己。正在她無計可施的時候想到了大力。

「大力，你可以幫老師一個忙嗎？」老師有點不好意思的說著。

「可以的，什麼事啊？老師。」大力感到有點疑惑自己可以幫老師什麼忙？

「老師晚上要去相親，可以請大力幫老師化妝嗎？因為老師實在不太懂這些，也沒時間找人家弄了。」老師說著。

「喔，可以的！不過老師，什麼是相親啊？」大力天真的問著。

「就是跟不認識的人聊天吃飯之類的啊，所以不能太過隨便囉，不然會給別人不好的印象。」老師也認真的解釋著。

大力答應了老師的請求，就趁著大家都放學的時候，在教室裡用著老師自己帶來的化妝品，幫老師打點好造型，讓老師可以漂漂亮亮的，安心去參加這次的相親。

等到幫老師都打點好了，大力感到有點想上大號，於是到了廁所去。正當大力上廁所的同時，外面忽然好像有幾個人的聲音。

「那個張大力真讓人不爽，一個男生成天拿著化妝品的，娘死了！」一個熟悉的男生聲音說著，大力猜想他應該是班上的阿伍。

「對啊！看他那副德性實在有夠想打他的，比賽還要讓他在我臉上東畫西畫，真的是打從心裡的不舒服，最不能讓人接受的是，為什麼班上的女生都那麼喜歡他，連最漂亮的小倩也是，沒天理吧！」另一個男生的聲音緊接著抱怨。

一群人就這樣浩浩蕩蕩的進來上完廁所又出去，殊不知大力也在廁所的某個隔間裡面把這些話全都聽了進去。

大力感到非常的失落，因為他以為他終於得到了班上同學的認同，沒想到還是有人那麼不喜歡他，開始又對自己產生了懷疑。

大力有點懷疑……應該不只他們心裡這樣想，可能班上同學大部分還是不喜歡自己吧！

天黑了，大力緩緩的走出校門，心情無比的沉重，那是一種對人性開始失去信心的感受。

05 媽媽的鼓勵

聽到同學們在廁所的「真心話」，大力意志消沉了起來。

每天上學前，大力都會站在鏡子前面細細打理自己，不容許制服有醜陋的皺褶或是髒汙，也不希望頭髮扁扁塌塌的沒有精神。但在整理儀容之際，他也不免想到同學們對他的評價。

「乾乾淨淨的人不是應該比較受歡迎嗎？」大力十分不解，「渾身汗臭，制服又有一道道泥痕的人，別人怎麼受得了呢？」

「唉，吳晟雄他們每次都這樣……」大力越想越傷心，伸手胡亂把頭髮弄得跟鳥窩一樣，他想：「反正也沒人在意我是不是乾淨整潔，那我就亂來一天吧！」說完就出門上學了。

在教室內，同學一如往常，男生聚集成一圈討論NBA各個球星的厲害之處，女生就分成很多群了，有三兩個聚集在一角討論昨天韓劇的內容，另外有幾個站在窗邊對男生們指指點點、竊竊私語，還有的獨自坐在座位上埋頭畫畫，最大群的要算是田宇欣她們了。

「欣欣妳知道學校旁邊新開的飲料店嗎？那個店員好帥喔！」一個綽號叫珍珍

的同學一臉興奮的看著田宇欣。

「欣欣喜歡哪一種男生啊？」珍珍吃吃的笑了起來，她很好奇聰明、高挑又漂亮的田宇欣會喜歡哪一種男生。

田宇欣想了想，說：「我覺得……男生要白一點比較好看。」

「對啊對啊，那些曬得黑黑的男生看起來髒兮兮的，一定很臭！」旁邊的女生們七嘴八舌回答。

「然後男生應該要很細心又很貼心，這樣才不會老是讓女生生氣。」田宇欣老氣橫秋的說。

珍珍馬上接話：「沒錯！我看新聞說，我喜歡的男偶像知道女朋友生病的話，會煮人參雞湯給她吃呢，好好喔！」

田宇欣搖搖頭說：「不只是那樣子，男生應該要知道女生在想什麼，在我們還沒說之前就做到。」

這時，一個叫小潔的女生突然開玩笑說：「欣欣，那妳一定很喜歡張大力囉，他超貼心的啊！」

此話一出，讓整群女生都做出暈倒的動作。珍珍像是聞到垃圾一樣，整張臉皺得跟梅子似的。她說：「小潔妳瘋了啊！誰會喜歡那種不像男生的娘娘腔。」其他女生也是點頭如搗蒜。

田宇欣自己倒是氣定神閒，畢竟作為常年模範生，她知道這樣批評同學是不好的，於是她緩頰說：「大力很厲害啊，妳們不是都看過他幫人化妝的樣子，連陳老師都常常拜託他幫忙呢！」

珍珍翹起嘴，不滿的說：「可是他不應該那麼噁心，明明化妝跟娃娃都是女生的東西，他那麼喜歡來跟我們搶，很討厭嘛！」

小潔也說：「就是說啊。我覺得，雖然運動到渾身臭汗的男生很噁心，可是這種不像男生的男生更噁心！」

田宇欣皺眉制止同學繼續說下去，因為她突然看到大力獨自坐在座位上，也不知道是剛剛才進來呢，還是他其實一直都在那邊，把所有批評他的對話都聽得一清二楚。

事實上，大力早就坐在那裡了。

如果先前在廁所聽到的那些對話是暗箭傷人，今天大力所聽到的，就是光明正大的一劍穿心了。

那群女同學們各各都曾拜託他幫忙，今天卻在公開的場合這樣把他貶得一文不值。大力真的不知道自己還能怎麼做，才能換取同學的一點尊重。

「欸，妳看，張大力今天的頭髮怎麼這麼醜啊！」聽小珍的語氣，好像發現新大陸那樣。

大力心想，自己本來就是故意弄得亂亂的，小珍說醜也是理所當然，反正她們本來就不把他當一回事了，這種批評也是家常便飯吧。

「唉唷，大力在上個禮拜的作文裡面說，他將來想要當造型師。哪有造型師會把自己弄成這種樣子啊？」身為國語老師最愛的學生，珍珍要幫老師收齊全班的作文簿再交給老師，大力沒想到珍珍居然會偷看他寫的內容！

聽到自己的夢想被批評，大力忍不住站起來往那群女生走去。

「張大力你有什麼事嗎？」田宇欣雙手橫抱胸前，口氣裝得若無其事問道。

「珍珍妳剛剛說什麼？」大力直接點名他要找的對象。

珍珍下巴抬得高高的往前一站，直說：「我說，你這種樣子絕對不可能當造型師啦，誰敢找你啊！」

小潔也挺身而出，批評大力說：「而且你每次都想靠近我們，說是要跟我們玩，感覺超噁心的！」

大力氣得哭出來，對這兩個不知好歹的女生說：「珍珍不要忘記妳前幾天怎麼拜託我幫妳綁辮子的，結果妳居然偷看我的作文還批評給大家聽！」

接著他轉頭說：「小潔也是，那次我幫妳把跳啦啦隊的妝弄好，妳連謝謝都沒有說。」

小潔跟珍珍兩個人雖然自知理虧，但現在她們背後可有好些同學撐腰，還有田宇欣呢！

珍珍手插腰，一雙小眼用力瞪大說：「張大力，你……你以為我喜歡找你喔！我還不是因為看你可憐，沒有人要理你，才隨便找事情拜託你做。」

小潔跟田宇欣一樣雙手環抱胸前，兇巴巴的說：「說你不像男生你還真的超不像男生的，啦啦隊都多久以前的事啦？小心眼成這樣。你要我說謝謝？好嘛，『謝謝』，這樣夠了沒？」

兩個女生尖酸刻薄的模樣讓張大力氣到講不出話來，只能哭得一喘一喘的，不知道該怎麼辦。這時，原本在討論運動的男生也圍過來，看到被攻擊的對象是張大力，便興致勃勃的想加入話題。

吳晟雄惡意的說：「欸，張大力，你怎麼哭了，芭比娃娃被搶走了嗎？」其他男生聽到以後笑得前俯後仰。「還是你最喜歡的口紅斷掉了？」郭雄義也補了一句。其他男生同樣的報以誇張的笑聲。

珍珍為新加入的男生們說：「張大力自認很厲害啊，才幫我們畫過幾次妝，老師也才請他幫過幾次忙，他就以為大家都需要他。你們知道嗎？他說他將來想當造型師呢！」

男生聽了更是哄堂大笑：「天啊，張大力你真的好娘喔！」

張大力這時已經難過得蹲在的上，好想趕快從這個世界上消失。

剛好，上課鐘聲響了。田宇欣在人群外終於出聲：「好了，你們不要再這樣說人家了。」然後揮手驅離所有人，自己也優雅的回到座位，只剩大力一個人蹲在原地。

大力發現上課，趕忙站起來，從口袋掏出衛生紙將淚水擦乾，回到座位上。

這節是國語課，平常大力還滿喜歡聽張老師說一些小故事，但今天他的心思全都圍繞在剛剛同學們對他的批評。

「張大力，來黑板上寫『柳樹』這個生字。」老師突然叫他。於是大力從座位上站起來，匆匆忙忙往講台跑。「碰！」他不知道絆到什麼，一不小心就跌在地上，還把珍珍放在桌上的鏡子給打破了！

珍珍一臉難以置信的樣子，因為她在鏡子內側貼了自己喜歡的偶像照片，上課偶爾偷偷打開鏡子看一下，怎麼知道這下子會被打破了！

大力手忙腳亂的撿起照片跟一些鏡子碎片，非常抱歉的說：「珍珍對不起……我會賠妳一個鏡子……」

珍珍伸手用力推了大力一把，又氣又難過的說：「你這個噁心的人不准碰我的東西！」說著說著，話鋒一轉：「嗚……老師……大力因為剛剛跟我吵架，現在就打破我的東西報仇啦！嗚……」

大力跌在地上，感覺手被鏡子碎片劃了幾道細口子，有點癢癢痛痛的。但是更難過的是他再一次被同學當面指責是噁心的人，不許碰她的東西，而且不小心的事卻被說成是蓄意的。

張老師雖然不覺得大力會是這種人，但班上有個學生哭哭啼啼的實在無法上課，所以他先叫大力回座位坐好，前去安撫珍珍。

回到座位上，大力低頭看自己的雙手，左邊兩道右邊四道，都是細細長長的傷口，正殷殷滲出一些血。但老師忘了大力可能有受傷，忙著安慰傷心的珍珍；同學趁這機會又開始聊起天，好像大力根本不值得注意。好在禮拜三只有半天課，大力一等到中午放學，就隨便往書包塞了一些課本，馬上衝回家。

自從大力升上四年級，媽媽就聽爸爸的話辭職在家好好照顧兩個孩子，畢竟姊姊快要升國中了，大力的學校課業也開始有些難度。

這天，張媽媽正翻著食譜思考要做什麼樣的點心給一對寶貝兒女。突然大力旋風般颳進家門，又咻一聲躲進房間內。

張媽媽想了想，將食譜闔上，起身走到大力房門前敲了敲：「大力，是媽媽，可不可以開門？」

裡頭先是傳來棉被唏嗦的聲響，然後是大力帶著很重的鼻音回答：「不要！媽媽走開！」

媽媽心底感到有些不對勁，想了想，換個方向說：「大力拜託，媽媽晚上想去跟隔壁的林媽媽聊天，可是現在這樣好醜喔。幫媽媽化個妝好嗎？」

沒想到，大力聽了並不像以往一樣興高采烈的答應，反而用更大的音量說：「不要！化妝很奇怪，我再也不要化妝了！」

「原來是這樣啊……」媽媽在心底嘆了口氣，大概猜到今天是什麼造成大力有這樣反常的行為。

房內傳來大力嗚咽的哭聲，媽媽再次敲了敲門，說：「大力，聽媽媽說，媽媽可不可以跟你討論一下化妝這件事。」

大力終於打開房門，露出一張哭得青綠的小臉。他說：「媽媽對不起，我還是願意幫妳化妝的。」

媽媽走近大力房間內，坐在床上說：「那你剛剛為什麼要那樣說呢？讓媽媽好傷心噢！」

大力一想到今天在教室的情景，忍不住又哭了起來：「因為我被同學說很奇怪很噁心……」他越說越小聲，頭也越垂越低。「男生不喜歡我、女生也不喜歡我，他們都覺得我不像男生……」

媽媽心疼的把大力擁入懷中，對大力說：「可是媽媽之前有看過你幫同學化的妝，很漂亮啊！他們怎麼這樣說你？」

大力還沉浸在自己的情緒中，泣不成聲，並沒有回答媽媽的話。過了一會兒，才又聽到媽媽說：「大力，你有聽過天上的鳥嘲笑水裡的魚嗎？」

「啊？」突然聽到這麼奇怪的一句問話，硬生生的把大力從悲傷之中抽離了出來。

「鳥在天上飛，飛得那麼高、飛得那麼遠，可是魚卻永遠只能在水裡游來游去，鳥飛在天上那麼高，看到魚在那麼低的水裡，為什麼不會想嘲笑牠呢？」

「為什麼呢？」媽媽拋出的問題，把大力完全吸引住了，他暫時忘記了內心的煩惱，只是專心想著媽媽問的問題。

「因為呀……」媽媽眼神裡似乎閃動著光芒，對大力說：「鳥雖然能在天上飛得很高，可是如果換成牠被丟到水裡，牠怎麼游也游不動，很快就會被淹死了。」

「魚會游泳！鳥就不會了！」大力彷彿想通了什麼，就急著搶在媽媽之前高聲說了出來。

「對啊，就是因為鳥知道魚也會很多自己不會的事情，所以就算牠飛得再高，也不敢輕易的去嘲笑水裡的魚。」

大力聽完這段話，彷彿明白了什麼，但想了一會兒，還是囁嚅的說：「那、為什麼男同學還有珍珍他們都要來笑我呢？我會化妝他們也不會啊！」

雖然心中早已猜到一二，但是媽媽現在總算聽到大力把自己難過的原因說出來，於是她又跟大力說：「大力，既然你知道了，魚也有鳥做不到的事情，那麼魚跟鳥其實都是同等的，沒有誰比較厲害、也沒有誰比較沒用，那麼你只要做好你這一條在水裡自由優游的魚就好了，又何必在乎天上的鳥怎麼說呢？」

「可是每次聽到他們這樣笑我，我就覺得好生氣、又覺得好難過……為什麼他們要這樣笑我？難道只因為我是個男生，我就不可以化妝嗎？」大力一想起珍珍嘲笑自己的情景，一感覺到手上的傷口還在刺痛，就忍不住又氣憤起來。

「大力，你不要這樣想，」媽媽感覺到大力的情緒又波動了起來，連忙說：「別人要說什麼由他們決定，而你要怎麼想也是由你決定。但是他們嘲笑你只需要動動嘴巴，過一下子就忘了，為什麼你卻要花上好幾天的時間讓自己難過呢？」

聽到媽媽說這些話，大力的心情變得不再那麼激動。的確，不管別人說什麼，自己的情緒還是由自己掌控的，何必自己讓自己這樣受苦呢？

看到大力的心情逐漸平靜了下來，媽媽心裡也寬慰了許多：「嗯，乖孩子。那你先一個人靜一靜，媽媽先去準備晚餐了。」

媽媽起身來，對著大力的額頭輕輕一吻，接著就轉身走出房外。

大力一個人坐在床上，靜靜的想這幾天發生的所有事情。雖然同學們對他的嘲笑和批評讓他覺得很難過，但是仔細想想，就像媽媽說的，既然知道魚跟鳥本來就各有擅長的不同，又何必去在意呢？

原來自己就像在水裡自在優游的魚……

如果是這樣的話，那麼自己是不是應該開始學著如何做好一隻魚，而不是老是抬頭仰望著天空，在意那些鳥的嘲笑？

那又該怎麼開始呢？他想起附近有一家美容院，最近好像有貼出徵人的小廣告。

「美容院啊……」

雖然自己現在年紀還太小，但是或許有朝一日，這會是個好的開始。

06 洗頭小弟

轉眼間，大力也度過了高年級，即將從小學畢業。這幾年間，大力也跟同學一樣向上抽高、變成一個稍嫌瘦弱，又白皙內向的孩子。

同學們漸漸容忍大力的存在，而忙著玩小男生愛小女生的遊戲。當然，這也是大力永遠無法參加的遊戲之一。除了某種狀況……

「大力，我今天下課後要跟丙班的林理達去買筆，你可不可以幫我的頭髮弄好看一點啊？」田宇欣這樣問。

「欸，大力，我媽今晚要帶我去吃喜酒，幫我抓個頭髮。」吳晟雄一貫蠻橫的要求大力為他服務。

「張大力，你來幫老師化個妝好不好？」其他老師一樣會期待大力為他們打造最佳造型。

這麼多的要求，大力多是一一照辦。雖然心底還是會有些怨懟，覺得這些人老是「無事不登三寶殿」，真的把他當免費的化妝師利用了！

大力回到家，總是先把作業乖乖寫完，打開電視或電腦以後，看的不是卡通或偶像劇的劇情如何高潮起伏，他注意的都是明星如何被打理得光彩動人、知名的時尚大師又推出了什麼樣的新潮流……

很快的，到了六年級，作為學校裏面的霸主，大力的男同學們在操場及球場上更是橫行霸道，女同學則是出落得越發青翠動人，走廊上常常聚集一群女同學，吱吱喳喳圍繞著一本流行雜誌討論。

唯有大力，他的身高似乎就停在那裡，每年以極微幅的距離生長，臉上沒生過一根鬍鬚。

「這才好呢！」大力想。要是自己真的生出又粗又黑的鬍子，他一定會恨不得連根挖出來才好。

這天，大力聽到同學們在討論小學畢業的暑假該怎麼規劃：

「欣欣，我們一塊兒搭火車去基隆玩好不好？」一位女同學這樣問田宇欣，獲得其他同學的點頭認同。

「可是家歡，我已經答應跟林理達每個周末都去圖書館一起看書呢！」田宇欣有點害羞的回答。

女同學們聞言忍不住驚呼……

「咦？你們該不會在一起了吧？」

「真的嗎真的嗎？你們進展未免也太快了吧！」

「什麼八卦？我也要聽！」

「沒有啦……」田宇欣羞赧的笑了，卻藏不住內心的喜悅，更引起一幫女同學們興奮的揣測。

女孩們吱吱喳喳的聚在田宇欣的位置上，絲毫沒注意到旁邊的大力，也沒有想邀請他參與討論的意思。

「明明前幾天還稱讚我是媲美電視上設計師的巧手。」大力有點兒憤恨不平的想著，但無法將怒氣表現在臉上，只是坐在位置上佯裝不在意的翻閱時裝雜誌。翻著翻著，大力的注意力也無法專注在書中那些光鮮亮麗的模特兒身上了，腦中思緒隨著旁邊女同學們的話題遊走，大力心想：「對啊，那我暑假要做些什麼呢？」

在班上沒有知己朋友的大力，不只沒有人邀請他出去玩，即使是自己冒昧的詢問別人，想必也只會獲得禮貌性的婉拒吧！

大力想到此又搖了搖頭，不願意讓自己繼續鑽牛角尖下去，於是強迫自己將目光又投射回手中的雜誌上，剛好翻到的那頁是一位知名美髮師的自敘，大力覺得有興趣，於是開始讀了起來。

那則自敘裡講的是美髮師的童年，他說在他那個時代家人認為提早出門賺錢是好事，所以他很小就在所謂的美容院工作了。但僅僅只是技術上的工作而已，沒有絲毫設計可言，更沒有像現在什麼設計系，還有出國深造的。

他過去是痛苦的在美容院工作的，成天希望上蒼降下什麼機遇給他。直到他終於有機會升遷，並真正從事造型設計相關的工作時，才發現過去那些磨練，是從事設計的基礎，並不是自己原先所想的一點用處也沒有。

所以他在此奉勸各個想從事和他相同行業的年輕人，絕對不要好高騖遠，仗著自己有天分就忽略那些最基礎的工作，或甚至對此嗤之以鼻。任何行業，就算是最講求天分的設計，沒有經過鍛鍊的人是不會成功的。

這段文字對大力而言就像是暮鼓晨鐘，他確實在為自己這樣的個性感到與眾人不合的同時，卻又為所擁有的這份技藝感到自滿，總是偷偷做著一步登天的美夢，但這樣是不實際的。與其等別人伸出手救你，倒不如從現在開始累積自己的能力，才能擁有被需要的資格。

大力暗暗下了一個已經埋藏在心中許久的決定，打算一放學就要馬上跑回家，跟全家做這個重大公布。

「媽！我回來了！」

「你回來啦，今天學校如何？」

「不要管學校了。媽，我跟妳說，我決定這個暑假去美容院打工。」大力興奮的繼續說：「同學們都要出去玩，但我要趁這個時候充實自己。」

「到美容院……打工嗎？」大力的媽媽顯然對這個突然的消息感到措手不及，接過大力書包的手還僵在原地，就聽到大力繼續發表他的想法。

「我以後想當美容師，雖然爸爸可能會反對，但這就是我唯一可以走的路。媽媽不是也說了嗎？不要在意別人的看法，不要拿別人的話來懲罰自己。雖然我才小學畢業，但也就代表早別人好幾步開始，不是嗎？」

媽媽看著眼前閃爍著堅定眼神的大力，先是笑了出來，又不禁嘆一口氣說：「媽媽不是不贊同你。你年紀這麼輕，卻能擁有這樣大的決心，著實很難得。媽媽

擔心的只是美容院不會雇用像你這麼小的孩子啊！這是你人生的第一個畢業，你想個地方，我們全家一起出去渡假好不好？」

「可是，媽……」

「好了，這個我們之後再討論，先來幫媽媽準備晚餐。」媽媽說完就轉身回廚房，留下大力一個人在玄關，腳上的鞋子還只脫了一半。方才的氣勢都被這一番回答給消耗殆盡了。

「不試試看怎麼知道呢？」大力懊惱的想著，但大力沒有放棄的念頭，他盤算著，從現在起的每一天下課，都要到附近所有的美容院都走走問問，直到有一個美容院答應他的請求為止。

然而，這個尋找打工的過程卻不如大力預想的順利。同大力的媽媽所說，大部分的美容院一看到大力稚氣未脫的模樣，連小學生書包都還沒卸下，不用等他開口就直接擺擺手拒絕了，更有甚者，還有人以為大力是跑來理容院找媽媽回家的呢。

大力嘆著氣，走出自己也數不起第幾間拒絕他的美容院，覺得肩上的書包更沉重了。雖然方才的老闆慈眉善目的跟他說願意讓大力三年後再來，已經是他所聽過最和善的拒絕了。但大力仍是十分沮喪，他踱步走回家裡，覺得自己的世界宛如愁雲慘霧一片。

「我回來了。」大力有氣無力的說。

「你回來啦，大力，媽有話要告訴你。」

大力抬頭看了一眼媽媽，表情好像有些凝重，他心想，該不會是媽媽為自己每天的晚歸終於大發雷霆了吧？今天真是徹底的倒霉，都已經是假期前的最後一天了呢。大力踢掉鞋子，有點洩憤的將書包丟在的上拖著走，就這樣進廚房準備聆聽媽媽的訓話。

「大力啊，你最近是不是每天都在跑美容院？」果不其然，大力暗自想著，真的要挨罵了。

「對啊。就像我上次說的那樣嘛，我想要在這個暑假磨鍊自己的能力，這是我想走的路啊。」

「總之，不要去了。」

「媽……」大力哀求道。

媽媽此刻終於轉過身來面對大力，意外的，臉上竟是和藹的笑容。媽嗎笑著對大力說：「我幫你找到一間家庭美容院，願意讓你在假期期間去幫忙。雖然不是什麼知名流行的美容連鎖店，但已經很好了。我跟他們讓你明天就開始去那裡，可以嗎？」

大力驚訝到說不出話來，愣了好幾秒才撲向媽媽，幾乎要喜極而泣的說著謝謝，並且發誓自己一定會認真工作。媽媽也溫和的拍了拍大力的後背，說她實在很幸運，可以生出一個這麼懂事又上進的兒子，大力抬眼對上媽媽的視線，然後母子兩人相視而笑。

這天晚上大力興奮的睡不著覺，腦中幻想著隔天的工作情形，會是在怎麼樣的美容店呢？又會遇到什麼樣的客人？雖然自己還只是個新手，但畢竟連學校老師偶爾都會找他化妝，說不定自己可以在那間美容院嶄露頭角……

大力恍惚間，好像看見自己穿著一襲全黑的袍子，手上拿著造型怪異的剪刀，幫著一個漂亮的女孩子剪頭髮。自己的手只是隨意的揮兩下，鏡中就呈現出一張新的，別具風格的臉，好像他也同時幫那女孩子化了妝似的。他也不知道自己到底成為什麼，接著就沉沉睡去。

隔天，媽媽領著大力到她口中說的那間美容院，大力躍動而期待的情緒在踏入美容院的那一刻就冷卻了下來。

誠如媽媽所說，那是一間平凡的家庭美容院，大力看著坐在櫃檯白髮蒼蒼的老人，與三三兩兩跟那名老人差不多歲數，只是來把白髮染黑的老婆婆們坐在椅子上邊聊著無意義的八卦，邊等著人幫她們洗頭。

「我真的要在這裡工作嗎？」大力拉著媽媽的衣角，小聲的說。

「這不是你一直要求的嗎？別嫌棄了。過來，這位是王阿姨。大力，跟阿姨說聲好。」

「啊，張太太，這就是大力嗎？長得好可愛呢。大力不用擔心，王阿姨這裡需要作的只有洗頭而已，不會要你動刀或從事什麼危險的工作的。」美容院的主人，王阿姨笑著說。

大力囁囁嚅嚅的說了聲謝謝後，媽媽就說那她先走了，臨走前拍了拍大力垂下的臉頰說：「你在這裡就好好努力工作，磨鍊自己。拿出你跟媽媽說的那份決心來。」

望著媽媽踩著高跟鞋離去的背影，大力想了想剛才那番話後，就又提振起自己的士氣。

「就算只是基礎的工作，對未來也是很重要的。」他腦中又浮現雜誌上那名美容師的話，覺得現在不是嫌棄的時候了。或許，他已經足夠幸運了，有這樣一個支撐他的媽媽……

接下來在王阿姨家工作的日子，大力先是學到了最基本的如何幫客人洗頭和按摩頭皮。

因為大力的身高不夠，美容院裡的沖水椅還需要幫大力墊高才站得上去。上門的老婆婆們都很喜歡大力，對大力十分親切和藹，偶爾還會帶些家裡的糖果餅乾給他吃。甚至也有許多人以為大力是王阿姨的小兒子，在假期時候幫家裡分擔工作呢。

然而大力始終沒有跟別人說自己的目標，只是專心的洗著頭。較為空閒的時候，大力可以在旁邊觀察王阿姨幫客人剪頭髮的姿勢。

直到有天王阿姨在收店時，要求大力先留下來。大力疑惑的站在店內，看著王阿姨掃完地，然後轉身對他說：「今天要教你如何染髮。」

大力接過王阿姨的過來的染髮劑，開始專心聆聽她講解染髮的過程與該注意的事項，內心不禁澎湃起來。好像終於跨了一大步什麼似的，有種自己已然獨當一面的感覺。

王阿姨結束教學後，拍了拍大力的肩膀說：「你是個很認真的孩子，也很有企圖心，我感覺得出來。雖然我這間小店幫不了你什麼，但基本的訓練是很重要的，希望你從明天起也能像現在這麼認真。」

大力看著王阿姨，用力的點了點頭。隔天就開始幫忙分擔染髮的客人。一開始，大力還不是很能拿捏指甲花的量，但漸漸的熟能生巧，染髮的動作愈來愈快速俐落。大力的工作量也從原先的洗頭又增加了染髮的項目。

然而，做了約一個多月後，大力慢慢失去一開始的學習熱誠。

在家庭美容院工作變得像機械式般，僅僅是重複同樣的行為罷了。每天到王阿姨的家幫忙客人洗頭，一樣的洗髮水量，一樣的時間吹乾。

染頭髮時也是，因為只是要把白髮染黑而已，不需要多大的技術，僅只顧慮白頭髮的量和手上那瓶染劑的量就足矣。在美容院的工作越來越顯乏味，大力如此想著。

在某一天的下班後，媽媽看著大力好幾天來愁眉苦臉的吃著晚餐，終於忍不住擔心的問：

「大力，你最近怎麼了？是在美容院被阿姨罵了嗎？」

「沒有啦，媽。我只是覺得自己好像又學不到什麼了。」

「怎麼這樣說呢？」

「我每天都只是洗頭髮、染頭髮、染完頭髮又洗頭髮。做的都是大家都會做的事。這不是我想要的啊！」大力終於把積在心中的苦水吐了出來。

「大力。」媽媽放下手中的碗筷，認真的看著大力繼續說：「難道你覺得身為一個設計師，他不用會幫人洗頭嗎？」

「這……」

「我知道你覺得現在的工作很無趣，但老話一句，熟能生巧。任何事都有他的意義。你自己不也這樣說過嗎?」

大力聽了這一番話,想起支撐自己一路走來的那份美容師的自敘。

確實,是自己也認為這份磨鍊是必要的,為了那份從抓周時就注定的夢想。大力冷靜的思索許久後,就又好好的振作了起來。

07 染頭髮也有學問

話雖如此，大力每天光想著自己的行程還是有點無趣。才去王阿姨的店裡沒多久，大力早晨上班時，腳步都有些沉重，他覺得自己好像每天都踏進一個是非之地一樣。

從裡頭傳來電視聲、水聲、還有一位約莫是大嬸年齡，帶有嘲諷口吻的聲音傳出來。

「哎喲喂呀！」

「弟弟你是沒吃飯喔？要大力一點呀！」

「對呀！你不是叫大力喔？」這時在一旁頭頂一大坨泡沫樣子有些可笑的另一位大嬸也插話說。

「按摩就是要大力一點，才會疏通筋骨，才會有效啦！」老阿嬤附和著說。

「就是說呀！」

大力什麼話也沒說，只是低著頭，繼續按著別人的肩頭，自己的肩膀卻更加沉重。

「你可要認真一點呀！」

大力當下腦中一片空白，異常高的聲音頻率似乎沒有進到大力耳中，只有廉價洗髮精香味撲鼻。

「聽說你家的小兒子考上博士！怎會這麼成材！」大嬸們話題轉到另一位身型圓嘟嘟的大嬸身上。

「哎喲他從小就會念書，我們做鄰居的也是知道的。」

「出了這麼個兒子真是光榮呀！」

「真是有出息！」

「以後要賺大錢，李太太你可要享福囉！」

「呵，哪裡的話呀，一切還說不定！還得看將來工作找得怎麼樣，現在經濟這樣不景氣。」

「別說我了！倒是街尾那家賣麵的老婆又生了一個男寶寶呢！真是會生，已經是第四胎了」

三姑六婆就這樣聊著，談談八卦，說說是非，抑或是互相吹捧著，打發著貧瘠的生活。

到王阿姨的家庭美容院工作後，大力心裡有了很大的疑問是：「老女人們都這麼八卦嗎？」

大力還曾經問過王阿姨這個問題，王阿姨回答說：「她們不八卦，要做些什麼呢？」

王阿姨還補了一句說：「八卦就跟打麻將一樣，是預防老年痴呆症的好方法！」

這樣的回答，並沒有回答到大力的疑問，大力接著問王阿姨說：「可是我媽媽並不會這樣啊！」

「你媽媽比較例外，大部分的女人都是八卦的！」王阿姨笑著這麼說道。

大力只好在心裡慶幸：「還好我媽媽沒有這樣，要不然我在家也要被這樣八卦的噪音給轟炸死了！」

「大力呀！招呼客人！」王阿姨在此時喊了一聲。

大力可能被這些雜音疲勞轟炸，一時晃了神，沒發現一位年過古稀的婆婆緩緩走進店裡。

「陳媽好久沒看見你了。」一位在旁的顧客首先打招呼。

「是呀，今怎有興致來洗頭呀？」另一位附和問道。

「我是要去喝我朋友孫子的喜酒，要來打扮一下。」

「這幾天都是大吉日，喜事多，我那個妹妹呀，就是我上次跟你提過的，住在板橋的那個，他兒子也是辦在這幾天。」

「大力！這樣你要認真幫陳媽打扮打扮。」王阿姨說。

「好好打扮一下，陳媽氣色更好囉！」

「哪裡呀，我今早有去做臉，還挽了面。」陳媽有些害羞。

「陳媽您這邊請坐！」大力說道。

「要不今順便上個指甲花！更喜氣耶！人也更有精神！也是有些時日了，白的部分有些跑出來。」王阿姨問道。

「也好。染完頭看會不會年輕點。」陳媽答道。

「大力幫陳媽洗完頭後去準備！」王阿姨轉身對大力說。

「是。」大力說。

「陳媽這樣水溫可以嗎？」大力說。

「行、行。」

「這樣抓會不會太大力？」大力說。

「剛好。」

「那這樣按摩會不會不舒服？」大力說。

「會呦，很棒紓解疲勞呢！」

大力除了仔細的幫陳媽洗頭，還不時問陳媽哪裡需要加強，哪地方需要修正，讓陳媽覺得備受呵護，就他之前所學，當初穩扎穩打從洗頭小弟做起，果然，讓大力相當得心應手。

「大力洗得很仔細耶！」陳媽這樣誇獎。

「謝謝陳媽誇獎。」大力一這樣聽，便覺得之前辛苦都有了代價，自己努力有了成效。

「陳媽您稍坐，王阿姨會親自來幫您染，我先去準備。」大力對陳媽說完後轉身到房間去。

「陳媽有沒有想換什麼新造型？」

「都一大把歲數的人還跟什麼流行，就原本的那樣唄，但是可能髮色要再亮點，老囉，我老囉，我的女兒建議我染淺點，別那麼死烏黑，顯得太假，淺點看會不會精神一點。」

「好的，那我去跟大力說一下。您稍等。」

王阿姨接著大聲向房間吆喝。

「大力，陳媽那染劑調亮點淺點滴。照之前林奶奶的髮色去調就可囉，可別太淺或太深。」

「嗯……好了，王阿姨。」

當染完，洗完頭過水後，所有人都發現事情不對，因為顏色染得不太均勻，髮色花花的，看起來更顯老氣，陳媽雖然口上說沒關係，但是王阿姨相當生氣。

王阿姨還私底下跟大力的媽媽告狀了。

媽媽雖然一直很支持大力，不過想了想後，還是決定跟大力提提。這天大力的母親這樣說道……

「大力！你向來是個認真的孩子，認真對待每一件事物是很美好的事情。」

「因為你的不重視，讓陳媽不能最完美的狀態去出席婚宴，你這不是傷害了陳媽原本可以更美的機會嗎？」

「是，我真得很對不起陳媽。我之後有好好思考過。」

「是呀，如果要做一項工作，就應該好好完成認真對待，否則不如一開始就不要接受。」

「更何況你必定是要認真付出，才有機會收穫。」

「嗯嗯這我是知道的，我之前相當不喜歡只是洗頭小弟，但是我後來有認真練習，改變我的想法……」

「對呀，要怎收穫先那麼栽就是這個道理吧。」

「我知道了，一切再小的行為都有可能影響到其他人。」

「即便是小螺絲釘也相當重要，沒有小零件房子是蓋不起來的，就像你要向造形師邁進，這些都是必經的路呀！大力。」

「嗯！我了解了，媽媽。」

「你能想通真得很好，認真對待『美』一直是你的特點，別讓繁瑣的表象、不耐煩糟蹋你的特質。」

「我們人都要認真生活。」

「媽媽，我明白。」

隔幾天大力上班時，慎重的向王阿姨道歉，並深深的一鞠躬，為他不成熟的表現及不對的態度道歉。

大力也登門拜訪陳媽，帶上美麗的髮飾作為陪罪禮。也對陳媽得寬宏大量相當感謝。

「陳媽，我當時沒有把王阿姨的交代放在心上，只是敷衍的調好染劑，並沒有照您的需求去更改。」

「我學到教訓了，真的是很對不起您。」

「請您擇日再來美容院一趟，此次我一定為您調最適合您的顏色，讓您年輕一百倍喔！」

原來大力事後做了相當多的練習，仔細對於染色與年紀、膚色等搭配，還不斷反覆練習，為了精確調配出最完美的顏色，為了陳媽，也為了他的母親，更為他自己。

之後大力在美容院加倍認真，對於每一件事，一點也不馬虎，皆全力以赴盡他最大的努力。

某日下午，陳媽出現在美容院。

「大力！我來找你讓我變年輕呢！」

「陳媽！」大力向前迎上。

「陳媽您坐，我馬上去準備。」

美容院的大家也都相當開心，因為大家都知道大力為了這件事後，變得加倍努力，大家也都都相當讚賞大力。

「我很快就好，您稍坐喔。」大力在準備房裡喊著。語調中充滿雀躍和一絲絲緊張。

「呵，大力別急沒關係。」

「是呀，大力你近來的努力大家也都有看到，你這次一定可以作得很好的，但是別著急。」

「嗯嗯，慢慢來，陳媽一整天都為你空下來。」

「陳媽看樣子很期待變年輕呢！」

「對呀我相當期待大力手藝呢！」

「哇！這樣大力的壓力一定是很大。」

「不會的，我們都很相信大力。」

「是啊，這小孩，自從那天起每天都相當認真。」

「大家是有目共睹的。」

「對的。他如此努力，成果也相當好。」

「你看你看我這頭新髮色，可是大力特別針對我設計，為了讓我氣色更好而調配。」

「啊呀，怪不得呀，我就覺得你氣色特別紅潤。」

「我也這樣覺得。」

「王阿姨大力現在成為你的活招牌囉！」

聽到這樣，王阿姨笑得合不了口。

「那天，我回娘家，我姊妹們各個稱讚我髮色適合我呢！也想來找大力為她們調配一下適合的髮色。」

「歡迎歡迎呀找個時間預約一下。」

「哇，王阿姨要考慮給大力加薪囉，客源滾滾呢！要給大力升個職。」

在大夥七嘴八舌，你一言我一語，聊得不亦樂乎時，大力準備好了，開始著手幫陳媽染髮。

等一切完畢，大夥驚呼連連，因為大力真得沒有辜負大家的期望，陳媽頓時像是年輕了五歲。

「這顏色真美！」

「尤其是真的適合陳媽。」

「能夠準確調配是苦功，能夠觀察每個人的特質找到適合的顏色，就不單單是練習這麼簡單的事情了，還需要一顆細膩的心，敏銳的觀察才有可能辦的到的，想必大力一定在心中思量許久。」

「真的謝謝你呀！大力，對於這次染髮我很滿意，我要趕緊回去給我女兒看，他差不多下班要接孩子了。」陳媽笑著離開美容院。

而陳媽的笑容是大力看過最美的事物之一了。

當天晚上下班後，王阿姨叫住大力。

「大力，你留下來一下好嗎？我有事和你談。」

「王阿姨什麼事？是不是我有什麼事做得不好？」

王阿姨大笑的說：「正好相反，是你做得太好，我之前幫你和我一位同行朋友提起你，是很知名的連鎖美髮店喔！對方答應在你升上國中畢業前，放假的時間都可以去店裡實習，還可以跟其他建教合作的學生一起上課。不知你意下如何？」

大力傻住了，呆呆的站在那，像雕像一樣一動也不動。

「沒關係你可以考慮幾天再給我答覆。」王阿姨見狀這樣說。

大力回過神來馬上以超大聲的音量答說：「好！我要！我要去！」

他笑得合不攏嘴的說：「真得太感謝王阿姨了，這是千載難逢的好機會呀！」

「這是我夢寐以求的工作機會！」大力向王阿姨道謝後馬上狂奔回家跟母親分享這個好消息。

08 神祕貴客

大力國中畢業後，得到家人的允許，決定不繼續升學，直接投入職場。媽媽也同意大力的看法，這個行業重要的是作品而不是學歷。經由美容院老闆娘的推薦，他開始每天到知名連鎖美髮店上班。

店裡的生意好得不得了，每天上門的客人川流不息。身為洗髮小弟的大力，當然是忙得不可開交。

「大力，來幫這位小姐洗頭。」店裡的設計師A吆喝著。大力還拖著大大小小的髮捲，要拿給設計師B，準備替客人燙捲髮。

大力快步走到設計師B身邊，不慌不忙卸下手上髮捲，雖然事務繁多也不忘給客人一個燦爛微笑。接著趕緊拿出口袋中預備好洗頭髮用的手套，邊走向等待他的客人，邊戴上塑膠手套。

熟練的擠了一旁架上的洗髮乳，抓起水罐，他毫不拖泥帶水的以雙手有技巧的按摩、洗淨客人的頭皮。

「唉呀，這位帥哥看不出來這麼會洗頭。」客人似乎非常滿意大力的洗髮功力，不吝給他讚美的話語。

大力也沒有料到客人會欣賞他洗頭髮的能力，畢竟這對他來說算是牛刀小試，他不想屈就於洗頭小弟。但這段時間下來，大力竟也體會出洗頭髮的樂趣與奧妙，越做越上手，近幾日老是有客人誇獎他的洗頭功力。

「大力，看你這陣子工作得挺認真，客人對你讚不絕口，我看你從明天開始就升格當助理設計師吧，這樣一來，你可是我們店裡有史以來最年輕的助理設計師了！」下班打卡時，店長突然拍拍大力的肩膀，對他說了這番話。

大力又驚又喜，他幾乎不敢置信，「真的嗎？我一定會認真做的，謝謝店長，真是太感謝了。」

回家後，大力立刻把這好消息告訴媽媽，媽媽給了這段時間以來一直很努力的他一個大擁抱，並且告訴大力：「媽媽永遠以你為榮。」

順利當上助理設計師後，大力終於不必日復一日做雜工和洗頭髮，他的份內工作開始多樣了起來。調染劑、上藥水、幫忙染燙，最重要的是他終於可以好好學習如何設計髮型，臉型和五官比例都會影響到髮型設計，大力把握能夠學習的機會，認真仔細默默記下每個要點。

雖然很多洗頭小妹覺得大力升上助理設計師的速度太快了，在背後說了不少很酸的話，相形之下，店裡的設計師人都很好，也或者他們的確很需要助理設計師這個層級的人力，於是他們都很樂意教導大力設計髮型的技巧，在不影響客人的情況下，甚至有些設計師會要大力親自上陣，修修髮尾或瀏海，偶爾考大力哪個客人適合什麼顏色的頭髮。

比起同期的助理設計師，大力稱得上是最認真、勤奮、還是最年輕的一位，設計師吩咐之事，大力總是馬上處理，他半刻也不敢鬆懈於工作。

雖然大力如此努力，但是有位助理設計師小琦，不知道是天資異稟還是正巧碰上了賞識的客人，明明小琦會的技術比大力少很多，她最擅長的就是調調染劑，這大力也會，之前在美容院打工的經驗讓他非常善於調和出飽和且漂亮的顏色。偏偏小琦剛好就接到了一位中年婦女，極為喜歡她調出來的顏色，還在朋友圈裡推薦小琦，紛紛有客人來電指定小琦當他們的設計師。

這對大力來說無疑是個打擊，一樣的職位，他付出的心血絕對敢說比其他的助理設計師多上好幾倍，但是跟小琦比起來，根本沒有客人將他的名字記起來。大力只能一直鼓勵著自己：「我已經是最年輕的助理設計師了！要知足、要感恩，再努力、勤快一點，一定會有我自己的一片天空。」

打烊後，店裡的人幾乎都走光了，僅剩大力留在後邊的工作室，他專注的整理著假人頭的髮型，沒有注意到一名還未離去設計師傑森慢慢靠近他。

「你怎麼還不回家？你媽媽會擔心你的，都已經快要晚上十一點了。」傑森平常就很照顧大力，年長大力十幾歲的傑森，對於大力來說是亦師亦友，有些設計師可能會偷藏幾步，怕晚輩後生青出於藍，但是傑森完全沒有這樣的顧慮，傾囊而授，教了大力許多受用的技巧。

「我……我覺得自己的手藝可能還不是很純熟，想要精進自己。」大力有禮貌的回話。其實他的心頭因為小琦受到客人的喜愛，仍然感到有點不是味道。

「是嗎？我倒覺得你已經非常優秀啦，我在你這個年紀時，不知道在做些什麼。」傑森真摯的說。大力的盡心盡力他都看在眼裡，實在很難否定大力的付出。

「你是不是因為今天小琦被很多客人點名來染髮，感到有些氣餒？」他試探的問著。大力被問句堵住了嘴，他緩緩放下手邊的梳子和剪刀，沉默片刻後，遲疑的點點頭。「我想我是有些氣餒。我並不覺得自己不夠努力，為何小琪能比我早早得到客人的喜愛呢？而且聽老闆的意思，只要客人喜歡她，她就馬上要升上設計師……」這些話不只是說給傑森聽，也同時講給自己聽，大力深深認為自己該好好反省，到底是哪裡比別人不足呢？

「大力，你應該懂積沙成塔的道理。」傑森語重心長的說，「你一直努力到現在，為的就是成塔的那刻。但是這世界上，有種東西叫做機緣，小琪遇到了好的機緣，所以她脫穎而出。不必太在意她這麼容易熬出頭，你繼續努力，還是有成功的可能。」說完話後，傑森見大力低下頭沉默不語，他讓大力好好沉澱，安靜的退出工作室。

反覆思索傑森的話，要努力的道理大力當然明白。小琪的事情讓他耿耿於懷，如果不光只是機緣的問題呢？是否我真走錯路？當初就該好好唸書，何必把自己搞得灰頭土臉。

意志消沉的大力，沒有心情繼續待在工作室，他胡亂收拾東西後，趕上最後一班公車回家。

「媽，我想辭職。」在家裡等得心急如焚的媽媽，還沒開口講話，大力劈頭就是一顆震撼彈。

「怎麼回事？不是做得好好的？」媽媽接過大力的手提包，擔心的問。

「有個同是助理設計師的小琦快要升為設計師了，我比她付出更多的努力，卻沒有得到相等回報。我想我是沒有天分。」垂頭喪氣的大力，腳步沉重想走回房間，媽媽拉住他，要他坐下來好好談談。

「媽媽不覺得你沒有天分，如果沒有天分，那些讓你裝扮過後的笑臉算什麼？」媽媽反問大力。

「事情沒有那麼簡單。剛剛打烊時，店裡的設計師跟我聊天，他肯定我的努力，他也說小琦能升上設計師是機緣。我就是沒有機緣也沒有天分。」大力自暴自棄，越說越難過。

「大力，你自己也說過，你是最早升上助理設計師的洗頭小弟，那時候多少洗頭小妹在你背後說你，小琦的年紀本來就比你年長，比你先升上設計師本來就是應該，你何必拿你比她努力，一直執著在這點上，讓自己難過呢？你先去洗澡休息，冷靜想想你的初衷，不要輕易放棄好嗎？」媽媽輕撫大力的頭，彷彿大力還是襁褓中的嬰兒。「不要放棄好嗎？」

大力勉為其難的在媽媽注視下點頭答應了，只是他的心中仍是混亂不已，也不知道自己走上這條路是對是錯。

隔天，零遲到記錄的大力竟然足足晚到了一個小時，就連店裡大牌設計師都不敢發生這樣的毗漏。由於大力之前的優良紀錄，店長也不忍心苛責他，反而擔心大力是不是身體出了什麼狀況，頻頻關心詢問。

面對自己遲到，還讓店長關切的大力，心中說不出的複雜，一方面譴責自己不負責的行為，一方面對於店長和設計師們的關心感到溫暖。

想要彌補遲到的過失，大力特別賣力工作，全神貫注於自己的份內事，不敢再出任何差錯。

一切都非常順利，難得開口稱讚人的王牌設計師今天也誇獎了大力，這讓大力精神一振，昨天的挫折都化為烏有。

到了下午，設計師口中相傳最難搞的王太太，突然來訪店裡，沒有事先預約的她，自然是排不到設計師，可是王太太又不願意等，嚷嚷著要去投訴美髮工會。店長沒辦法，於是指派了目前能力最強的大力為她服務。

大力早就耳聞王太太難搞，洗個頭髮挑三撿四，一下嫌水不夠熱，一下又嫌力道太大，總之是雞蛋裡挑骨頭，他必須小心應對。

「請問今天需要什麼服務？」大力堆出了笑容，語調和表情都維持在最完美的狀態。

「還需要我說嗎？像我這樣的貴婦，當然是來美容院洗頭髮，整理出好看的髮型。」王太太不耐煩的說，完全沒有正眼瞧過大力一眼。

大力按照王太太的吩咐，手法俐落熟練洗了頭，替王太太護髮後，大力觀察王太太的臉型，決定替她設計適合的造型。

「天啊！你這人怎麼搞的。」驚天動地的高分貝尖叫，引來了客人和其他設計師的矚目，王太太像是被搶劫似的，驚恐的瞪著鏡子裡的自己。「你怎麼可以把我的瀏海剪成這個樣子？我要怎麼出去見人啊！」

店長聽到王太太的驚呼，連忙跑上前查看，他趕緊把大力拉到一旁，低聲詢問：「你對王太太做了些什麼？」

被王太太叫聲嚇得驚魂未定的大力，右手還拿著剪刀，愣愣的說：「我只是幫她修剪過長的瀏海而已。」

聽完大力的解釋，對於王太太刁難人的個性見怪不怪的店長，安撫她許久，王太太才答應讓大力繼續動刀。

送走王太太，大力失魂落魄走進休息室，他第一次碰上這樣的客人，質疑他的能力，還得靠別人才能讓客人相信他。

「沒事的大力，王太太本來就這樣，先前還有設計師被她氣哭。」店長看大力臉色不是很好，特地來安慰他。

今天的事情，又加上昨天的挫折，大力簡直快受不了了，他再也不相信自己在這方面是有長才的。小琦遇到的客人能夠幫助她，而他遇到的卻是像王太太這種客人。難道說他真的不適合走美髮這條路？

後來大力也忘記自己是怎麼結束工作回到家的，他滿腦子只想著自己的不適任和如何請辭。也許自己的美髮之路走到了盡頭吧。

回到家後，大力把自己反鎖在房間，不吃晚餐也不理會媽媽在門外擔憂的呼喊，黑漆漆的房間裡，伸手不見五指，因為漆黑，所以哭泣變得容易。

「大力，出來跟媽媽談好嗎？今天去上班的時候不是好好的嗎？」媽媽拚命敲著門，希望大力能告訴她到底發生什麼事情，開開心心上班，怎麼會下班回來這樣失魂落魄？

隔了許久，大力終於打開房門，紅腫的雙眼明白說著他大哭過的事實，他也不想讓媽媽看到這副德行，原本想裝做什麼都沒事，隔天自行做主向店長請辭。一想到，他是因為媽媽的支持才能走到這番田地，他只得走出房門，給媽媽一個交代。

母子兩一言不發，走到燈火明亮的客廳，彼此坐在對面，大力猶豫良久後開口：「這幾天下來，我一直思考，自己走上這條路真的是對的嗎？」

媽媽看大力又說出這種喪氣話，一時間不知道該責備還是鼓勵，能說的她都說盡了，如果孩子不會想，她說再多都沒有用。

「我今天遇到習慣挑人毛病的客人，我只是幫她修修過長的劉海，沒想到她對我大呼小叫。」一想到那個王太太，大力就皺起眉頭。「為什麼小琦可以碰上好的客人推薦她，我只能遇上這種客人？」

媽媽站起身，坐到大力身邊，雙臂攬緊他。「別心急啊，古聖賢孟子說過『故天將降大任於是人也，必先苦其心志，勞其筋骨，餓其體膚，空乏其身，行拂亂其所為，所以動心忍性，曾益其所不能。』也許上天就是要考驗你，看你能不能超越苦難。目標那麼好達到就不稀奇啦。」

不語了好半晌，大力表情總算柔和了些。「謝謝媽媽，雖然我不覺得自己是什麼大人物，但我想，路都走了一半，還是要好好走完才行。」看見大力心情好轉，媽媽的心情也跟著平復，「好啦，既然你想通了，就不要再執著於不必要的胡思亂想。」她走進廚房。「媽媽幫你熱一下晚餐，你什麼都沒有吃呢。」

果然還是該跟媽媽談一談，心情都為之輕鬆起來了，別人畢竟沒有媽媽一路陪伴的了解。大力扯開嘴角，給自己一個微笑。

我只是還沒碰到好的機緣，不過只要我努力下去，一定能達到目標，做自己想成為的人。過了好幾天，大力一如往常開店後，裡裡外外整理好每個設計師要用的工具，平常日除非到了下午，早上幾乎是沒有什麼客人的。

剛整頓好環境，門上的鈴鐺清脆響了起來，原本以為可以休息的大力，立刻從椅子上跳起來，迎上進門的客人。

那是一位有著白晰宛如凝脂的女子，看上去約莫二十好幾的年紀，臉上的妝容是今年秋天最流行的大地色系，給人柔和不厚重的感覺。

「嘿！你。」那女子指了指大力，「幫我洗頭吧。」

突如其來被客人指定，大力有些手足無措，這女子隨性的態度讓他無所適從。儘管如此，大力以最快的速度恢復了原有的專業，引領女子坐上座位。

洗頭的工作看似簡單，但力道的拿捏，頭皮各個部位都要控制好該有的力道，該放輕該加重，必須由經驗習得。從洗頭小弟做起的大力，自然是經驗充分。

「你叫什麼名字啊？」女子半瞇著眼，從鏡中微覷著大力，似乎很享受洗頭的過程。

「張大力。」大力回答。「看你做的工作應該還是助理設計師吧。」女子又說。大力遲疑了一會，這女子怎麼會如此清楚？

「助理設計師不曉得要做幾年才有辦法升上設計師，你洗頭的手感很好，應該是個手巧的人。」女子張開漂亮的雙眸，從鏡子反射直視著大力。「我剛好很喜歡你給人的踏實感，不如來我身邊當我的助理吧。一樣都是助理，我卻可以讓你大放異彩。」

女子的出言不遜震懾到大力，他傻愣的看著女子，不知道該如何反應。「這是我的名片。」女子從皮夾帥氣的抽出名片，這樣的動作不知道重複幾遍了。「啊，忘記你手上都是泡泡。這樣好了，容我自我介紹，我叫做鄧惠瑩，有聽過這個名字嗎？」鄧惠瑩？好耳熟的姓名，大力想了一下，大叫：「妳是那個替很多明星和模特兒做造型的鄧惠瑩嗎？」那可是只有在雜誌還有電視上才看得到的名字。

「真是的，不要講那麼大聲，旁邊的人都在看呢。」惠瑩不改隨性的態度說，她澄澈的雙眼盯著大力。「如何？願不願意來我身邊工作？」

大力簡直要痛哭流涕，終於讓他遇見貴人了，他急忙答應：「要要要，一千萬個願意。」

惠瑩露出笑容，「一個禮拜後見。」

09 非常有自信的造型師

辭去美容院的工作不是件容易的事情，本來大力想請媽媽代為轉達，他不出面會比較好一點，然而媽媽堅持要大力親自向店長請辭。

「人家從來沒有虧待你，現在要離開了，當然要親自道別。」媽媽教誨著大力。

聽從媽媽的話，大力帶著辭職信，親自請辭。一直很照顧他的店長非常捨不得大力這樣勤奮的好孩子離開。

「但是你遇到的可是鄧惠瑩，這麼千載難逢的機會一定要把握。」儘管再不捨大力的離開，店長還是批准了大力的請辭。

「你看吧，你果然遇見了屬於自己的機緣。」聽到消息放下手邊工作的傑森對大力眨眨眼，「好好把握，說不定以後你是我的競爭對手呢。」

面對這樣愛護他的同事和店長，大力捨不得極了。天下無不散的筵席，況且眼前又有這麼好的機會，他也只能割捨了。一個禮拜過後，大力準時到惠瑩的工作室報到。

從助理爬到正職設計師的確是條漫長且艱辛的道路，在跟著惠瑩以前是這樣

沒錯，但是自從跟在惠瑩身邊當助理，大力體會到當初夢寐以求的彩妝造型美好世界，他的視野隨著日子的過去逐漸增長。

同樣是當助理，之前在連鎖美容院，只能修修指甲、洗頭，做些雜工，就算店裡設計師會教些造型方面的技巧，沒有實作經驗還是枉然。店裡設計師有他們的顧慮，怕砸了自己招牌，不想多年經營的口碑毀於助理手上。惠瑩就不同了，她有時化妝化了半邊臉，就要大力接手。而且惠瑩是那種英才早發、非常年輕就出頭的造型師，在她的觀念裡面，可沒有年輕需要客氣這種想法。

「這樣不好吧，我怕……」第一次惠瑩要大力接手一個通告藝人的髮型，大力急急忙忙推辭。

「怕什麼怕？我都不怕你怕什麼。」惠瑩立刻打斷大力的猶豫。

即便心裡還是有萬般掙扎，大力鼓起勇氣，拿起梳子和吹風機開始做起造型，雙手雖顫抖著，卻也欣喜著能夠打扮別人。

意外的，大力做的造型很得藝人的歡心，一起上節目的明星也誇獎她的髮型，這讓大力更有信心。

「你看吧，我說不會有問題的。」惠瑩得意洋洋的對大力說，她的眼光怎麼會有錯？

初試身手的大力對於惠瑩不遮掩的稱讚感到羞赧，他摸摸頭，低聲說道：「我只是順著自己的感覺去弄她的髮型，也不知道是好是壞。」

「不必質疑自己，有自信點，所謂的潮流也是人發展出來的啊，相信自己有這樣的才能和天賦。」惠瑩雙手交叉胸前，鄭重的告訴她這個沒自信的徒弟。大力跟在她身邊有段時間了，她比誰都明白大力的潛能。

有了惠瑩這樣看中他的恩師，大力更為積極於造型這方面，在美容院唯唯諾諾的樣子不復存在，有時候還會提點一下同時跟在惠瑩身邊的助理。

在一次惠瑩自創品牌發表會後，忙了好一陣子的師徒兩人終於有時間休喘，為了感謝大力夙夜匪懈的幫忙，替她打點好工作室的事務，惠瑩決定放大力三天的假期，順便請全體員工吃大餐。工作室很早就把餐廳包下，慶功當然少不了飲酒作樂。

「大力你也喝一杯吧。」酒酣耳熱之時，大家也顧不了大力不勝酒力，硬是要

逼酒。

「不好啦，我不想帶著酒氣回家，我媽媽會擔心的。」大力急忙推辭四面湧來的邀酒。

「有什麼關係，你年紀也夠大啦，當初惠瑩姐在你這年紀就嶄露鋒芒了。」平時和大力感情最好的老謝說道。

大力歪著頭，詫異的問：「惠瑩姐這麼厲害啊？」早就知道惠瑩的年紀很輕，但是大力沒有想到在他這年紀時，就能闖出一點名號。

聽到有人談到自己，惠瑩從談笑中轉過頭，「欸欸，不要趁我不注意講我壞話。」

老謝急忙解釋：「不是啦，我是在跟大力說妳的英勇史。」

惠瑩夾了一口紅燒獅子頭往嘴裡塞，含含糊糊的說：「哪有什麼英勇史？只是二十出頭就成名了啊！」

太厲害了，大力在心裡驚呼連連，他跟惠瑩簡直是天差地別。

於是在場的員工和惠瑩，你一句我一句把當年的「惠瑩奮鬥記」拼湊了出來。

原來惠瑩從小就對於化妝、髮型和服裝有著相當的興趣，她從小學六年級接觸流行時尚後，便嘗試著打扮自己。她最喜歡的就是看日本流行雜誌，學習裡頭的彩妝和服裝搭配。

一個小學生當然沒有經濟能力，有辦法負擔需要大量金額的流行時尚，偏偏她就是有辦法以有限的衣服和資源，讓自己每天都不同風格上課。當然，也是惠瑩讀的學校剛好也允許同學們自由選擇看是穿制服還是便服。

漂亮的女生在班上總是能得到好人緣，惠瑩也不例外。班上女生紛紛效法起她的穿著打扮，她變成了流行指標。

不過，像惠瑩這種對於流行時尚有極度敏銳感的人，也是會受到打擊的。升上國中後，繁重的課業讓她很想逃離，無奈國中是義務教育，不論如何她還是得接受。

在班上一片念書風氣下，原本以為不會有別人能夠追上時尚，不料有個男同學，爸爸是有名造型師，每天都把那名男同學打扮得帥氣十足。

好強的惠瑩看不下去大家都只稱讚那個男生，竟然衝動跑到男同學爸爸開的工作室，指名要同學爸爸當她的老師。

那時候，同學的爸爸啼笑皆非，看在惠瑩這麼執著於造型方面，他就收她為徒。放學後都來工作室報到。

剛開始也沒有很認真教導惠瑩，經過慢慢觀察後，發現惠瑩真的非常有天賦，剛好那位造型師也想退休了，直接把手上的案子都給惠瑩。

就這樣，惠瑩慢慢做出自己的口碑，國中畢業後，她就讀國內知名五專的美容美髮科，以十分優異的成績和數十個校外獎項風光畢業。

「天啊，惠瑩姐妳好厲害又好順利喔。」聽完故事後，惠瑩姐在大力心中的地位又更上一層樓。

「是滿順利的沒錯，但自己也要有兩把刷子才行。」惠瑩豪邁的灌下一杯酒，「如果我做得不好，那些偶像模特兒早就把我辭退了，是因為我的功力深厚，所以才有今天的成就。」

好有自信！若是普通人講這種大言不慚的話，大力一定把他當笑話看，可是從惠瑩姐口中講出來，就是特別有道理，閃耀著自信的光輝。

「大力，我知道你有天分，但就是缺少了自信，你必須自我肯定才能獲得別人的肯定啊。」惠瑩姐挑挑眉，直指大力的罩門。

「我懂了，我會對自己有自信點。」大力用力點頭，發誓要剷除掉心中那個自卑的大力。

眾人歡笑下，結束了這天的慶功宴。

惠瑩創立了自己的品牌後，要處理的事情更多了，不僅僅是打理明星模特兒的造型，還得審視下游工廠製作彩妝的品質，未來可能還會推出富有設計感的服裝。因此，工作室的每個人工作量都加重了。惠瑩對大力的倚賴一天比一天重，有時候忙不過來品牌的事情，乾脆要大力代替她去弄藝人造型。

之前惠瑩常常帶著大力現身，因此惠瑩的客人都知道大力是惠瑩的得力助手，自然也不會排斥讓大力接手他們的造型事宜。

「今天幫妳弄浪漫大波浪，再編個公主頭如何？」這位是大力非常仰慕的女歌手，出道的時候歌藝驚動歌壇一群人，可惜的是外貌不起眼，明星的行銷基本需要亮眼的外表。

「你覺得好就弄吧！我相信你囉。」女歌手笑瞇瞇對大力說，雖說她的五官不精緻，但這半年來，惠瑩幫她設計的造型讓她整個人都亮了起來。眼前這位惠瑩的得力助手經常在惠瑩旁邊幫忙，他的功力自然不會差到哪去。

右手握著電棒捲，左手一把尖尾梳，兩手有節奏互相配合，漂亮且迅速的將原本清麗的直髮，變成弧度完美的波浪捲，修飾了女歌手有稜有角的臉型。

將一把小黑夾捏在掌心，巧手編出溫柔氣質的髮辮，交纏盤在頭頂。不到三十分鐘，女歌手的髮型就完成了。

「很棒呢！這是我夢寐以求的髮型耶。」女歌手眉開眼笑，滿意的端詳著鏡中的自己。

大力也很滿意自己的成品，他更進一步提出要求，「我可以幫妳修一下妝容嗎？」

「怎麼了嗎？今天的妝哪裡不好了嗎？」女歌手停下原本的動作，狐疑的觀察自己的臉。

「噢，沒有不好，只是可以更好更細緻點。」大力面帶微笑的說。

「那你動手吧。」女歌手算是很好講話的人，爽快的答應。

這次的彩妝和髮型分別不同人設計，替女明星上妝的彩妝師是節目聘請的，每個上節目的明星藝人到最後妝容都差不了多少。化妝應該要針對個人才是。

大力小心翼翼拿起惠瑩前幾天送他的修容色盤，攤開彩妝工具組，一層一層在女歌手臉上疊著頰面的陰影，這會使她上電視看起來臉小一些。

再拿出惠瑩自創品牌的眼線膠，大力還刻意放在女歌手看得見的地方，趁機宣傳一下品牌。他仔細描繪眼線，比起原來的妝更強調眼眶部分，讓雙眸看起來明亮有神。

「好了，大功告成。」大力得意的說，「其實本來的妝容已經不錯了，我只是幫妳更強調妳的五官。」

「謝謝你，幫我設計髮型，還附帶化妝。下次再叫你來幫我做造型。」女歌手心滿意足的說著，還不時撥弄一下捲捲的頭髮。

突然大力想到了一件事情，他趕緊從包包拿出女歌手的專輯，「不好意思在耽誤一下時間，我們全家都是妳的歌迷，可以幫我簽名嗎？」

女歌手被大力此舉弄得更加心花怒放，她不只簽了名，還送了好幾張新發行的單曲給大力。

其實大力不是想奉承女歌手，他只是按照自己的心願行動，沒有想到女歌手會這麼開心。

隔了幾天後，工作室接到了女歌手致意電話，惠瑩特地把大力找來大大讚揚一番。

「你知道自己做了什麼好事嗎？」大力一進辦公室門，惠瑩刻意沉下臉問他，想製造審訊的氣氛整整大力。

被突如其來的問句嚇到，大力愣住，拚命搜尋腦袋中他出錯的片段，偏偏他最近又沒做什麼錯事。

「難道是之前那位女歌手上電視的造型效果不好？」想來想去他只能歸納出這樣的結論。

「沒錯。跟那女歌手有關。」惠瑩還是沉著臉。

大力緊張的咬著下唇，頭次見到惠瑩有這樣的表情，想必他真的搞砸了。

「哈哈，她打電話來稱讚你。」見大力愁眉苦臉，惠瑩不忍心再誆騙他，只好說出實話。

「惠瑩姐，我都搞不懂到底是怎麼一回事了！」大力一頭霧水的抓抓頭，希望惠瑩給他一個解釋。

「琳達很喜歡你那天幫她設計的髮型，聽說你還幫她修了妝容？」惠瑩饒富興趣看著大力表情轉換。

「所以說是好消息囉？」大力鬆了一口氣，「惠瑩姐，妳為何要這樣捉弄我。」

「沒錯，想不到你這小子會有自信幫人家修改妝容。」惠瑩似笑非笑的說著。

「我只是看不過去而已嘛，下次不敢了。」大力低下頭。

啜了一口茶，惠瑩對大力豎起大拇指，「下次還是要保持這樣的自信。」

大力一時沒反應過來，過了幾秒才露出笑容，開心的說：「我會的，我會繼續加油的。」

自己培養出來的徒弟，如今進步神速，惠瑩說不出的欣慰，也十分樂見大力美

好的未來。

下班後，大力忍不住心中的雀躍，一路從公車站蹦蹦跳跳回家，圍住正在忙著煮飯的媽媽，嘰嘰喳喳分享他的喜悅。

「媽媽，還好有妳，我才能一路堅持到現在。」大力真誠的對媽媽道謝。

「說這什麼話，我不支持你，還有誰能支持你？」媽媽用圍裙擦了擦手上的水滴，「你要記住這份感動，繼續加油。」

「我一定會的。」

過了不久，張爸爸也下班回家，大力還沒有勇氣告訴他今天發生的事情，爸爸對他踏入時尚造型圈，一直很不能諒解，這陣子是有比較紓解些，但還是不聞不問大力在工作上的表現。

「我們大力啊……今天被稱讚呢！他幫人家設計的造型，對方非常喜歡。」媽媽竟然在爸爸面前提到了工作的事情。

爸爸沒接話，逕自夾菜。

「稱讚的人可是你非常喜歡的歌手琳達欸！」媽媽再接再厲。

停下筷子，爸爸抬起頭看著大力，「真的還假的？」

天啊，爸爸第一次對他的工作有了興趣。大力趕緊點點頭。

爸爸想了想，「這樣真的很不錯呢。」

他有聽錯嗎？爸爸開口稱讚他了，這比什麼都要來得珍貴。大力一激動，放下碗筷站了起來。「爸爸，我會更加努力的，一定會在這個領域發光發熱。」

媽媽和爸爸相視一笑，過去家裡因為大力的工作，鬧得氣氛很僵，似乎已經是過去式了。

大力相信，這條路走下去，他一定能到達目標的。

10

計畫趕不上變化

這天早上八點，惠瑩跟大力兩人正在店裡準備開店，突然接到熟識的婚紗店打來一通求救電話。

「惠瑩大姊行行好啊！我們店裡平常合作的小李今天重感冒請假了，可是今天有五組客人要來拍棚內婚紗，又都是大顧客，拜託帶大力一起來幫幫忙啦！」原來是對面婚紗店的老劉急需人手。

「哈！老劉啊！要人手我們這邊不是沒有，可是你要我親自出馬，又帶著我的得力助手……你是要我這間店今天開天窗啊？」惠瑩馬上指出問題所在。

「妳覺得我會虧待你們嗎？你們今天的預約全部取消，錢我付，再附贈便當飲料，這樣很夠意思了吧。拜託嘛，大姊妳最夠義氣了。」聽起來，老劉急得都快哭了。

惠瑩轉頭問大力：「今天我們就不開店，去婚紗店玩好嗎？」

大力睜著他一如兒時的黑曜石眼珠，開心的說：「太棒了！」那股開心樣兒真像是拿到一整箱簇新玩具的孩童。惠瑩忍不住敲敲他的腦殼說：「我平常是多虧待你啊，讓你光聽到要去婚紗店就興奮得跟什麼一樣。」

大力摸摸頭，鼓起腮幫子說：「惠瑩姊，妳又不是不知道我本來就很喜歡漂亮的東西嘛，而且小時候我最喜歡幫芭比娃娃換上婚紗，現在可以到充滿婚紗的地方，就像是美夢成真一樣呢！」

惠瑩笑著聽完大力的真情告白，說：「好啦，早就知道了。趕快把該帶的工具收一收，我們去隔壁悠閒的吃個早餐再到婚紗店去。」

在早餐店裡，惠瑩一邊嚼吐司，一邊告訴大力：「做這行除了很需要耐力、毅力，還要挺得住寂寞。我當初有一群對同樣美髮美妝有興趣的朋友們，後來他們卻一個個因為受不了看不到出頭天，就再也無法從顧客滿意的笑容裡找到成就感，決定離開這條路。」

大力點點頭，惠瑩繼續說：「有個朋友在轉換跑道前問我，她覺得我應該也不會有什麼好成就，為什麼不趁早跟她一起找個穩定的職業？」

大力說：「因為你喜歡『漂亮的東西』？」惠瑩哈哈大笑，說：「你還真懂我。沒錯，我說這就是我真心喜愛的，所以我要堅持下去！」

兩人吃了飽飽的，抖擻精神走到對面的婚紗店去準備開工。

「噢，我的好姊姊，真是太謝謝妳了！大力，來，要不要先喝杯茶？」老劉早就站在門口引頸期盼兩人的到來，這下救兵總算來了，他就恢復熱情開朗的本性啦！

「老劉夠了，你說有五組客人，應該至少有一組到了吧？」惠瑩就事論事，畢竟她也不想誤了人家的終身大事。

老劉搭著兩人的肩膀，領他們到四樓一扇華麗的房門口，問道：「你們知道林莉和陳冠文嗎？」

大力想了想：「他們都是歌星吧？之前雖然有傳過緋聞，但林莉消失了好一陣子，所以誰也不知道……天吶，你該不會是說……」老劉點點頭：「他們都在裡面，而且準新娘還懷孕囉，你們可要戒慎恐懼啊！」說完敲了敲門。

惠瑩什麼大風大浪沒見過，率先推門進房，對房內兩位不安的準新人打了聲招呼：「嗨，我是惠瑩，他是大力，我們是專業的造型師，不是狗仔隊！」

林莉和陳冠文笑了出來，大力暗自佩服惠瑩掌控全場的能力，一邊俐落的將工具箱打開，按應有的順序排在桌面上。

惠瑩先幫林莉去了角質，讓她在一旁敷面膜，隨即幫陳冠文打理髮妝。大力在一旁光是遞剪刀遞刷子，就忙得不亦樂乎。

後來二樓試衣間通知這對新人先去試衣服，剛好讓惠瑩與大力兩人稍微喘息一會兒。

惠瑩看大力雖說在休息，卻坐也不是站也不是的樣子，早就猜到他心底在想些什麼了，她問：「你想去樓下看看婚紗嗎？」

大力唰的一聲站直，急切的說：「想啊，拜託讓我下去看看嘛。我會在他們回來之前就預備位置，好好擔任助理的！」惠瑩擺擺手說：「你去吧，我先在這裡瞇一下，回來時順便叫我起床。」

得到老闆許可，大力像小鳥一樣立刻飛下四層樓梯，像騰雲駕霧一樣浮進充滿各式婚紗的展示間。

這真的讓大力從小的美夢成真了！他先用手輕輕撫過每一件衣服，感受綢、緞、絹、錦、羅、紗等織品，然後細細的觀察每一件婚紗不同的色彩……即使是紅，也是有胭脂紅、酒紅、猩紅、洋紅等等差異……難怪婚紗是許多女孩的憧憬呀。

一位員工在展示間外頭見大力這麼喜歡婚紗，悄悄的走近他，問道：「你要不要看看我們老闆今天預備給下午那組貴客的手工婚紗啊？」

大力一聽，點頭如搗蒜，甚至說不出一句話來，就跟著笑盈盈的員工走到地下室的貴賓試衣間。當他看到玻璃櫃裡那件高雅的禮服，立即衝上前貼住玻璃，想穿透那層阻隔似的用力盯著裡頭的每一個細節。

那件手工婚紗雖然以鑲有金絲的綢緞為主，然而設計才是這件婚紗的價值所在，像是胸前的皺褶竟能將眾人的視線導引至心口，在那裡則有對金銀絲交錯繡成的細緻鴛鴦，每一寸都堪稱藝術，讓大力恨不得多生幾隻眼睛，好把鴛鴦身上每一縷看得清清楚楚。

員工小聲的對大力說：「聽說這件手工禮服要價不菲呢！不過下午那組貴客大概一天就能賺進這一百萬了吧。」大力眼神痴迷的說：「這種設計和工藝可不是金錢所能買得到的呀！」

員工拉了拉大力的衣角，說：「走啦，你也該回去工作了吧？」這才將大力從

美夢中喚醒，急急忙忙走上樓梯。

當他們踏回一樓，卻聞到空氣中傳來一股異狀，他們抬頭一看！二樓樓梯口有股濃煙往下瀰漫。

老劉狼狽的領著林莉和陳冠文衝下樓，大聲嚷著：「火災了！快出去，快出去！」婚紗店員工聽了也嚇得奪門而出。

大力一聽，著實慌了，急忙說道：「惠瑩呢？她是不是還在上面睡覺！」大力壓低身子從煙霧底下往上爬，一心要找到惠瑩。

到了四樓，大力絕望的發現煙霧正是從門縫底下逸出的。他左看右看，拎起牆角的滅火器，撞開門扉，往裡頭大量噴灑。

「咳……大力……你不要過來！」裡頭傳來惠瑩微弱的聲音。

大力沒有回答，繼續努力的用滅火器闢出一條道路到縮在牆角的惠瑩那兒。

「趕快，我背妳下樓！」大力看不清惠瑩的樣子，但他還是伸手想扶起那個人影。

「不……咳咳……大力……我的手剛剛被櫃子壓斷了，我……」惠瑩試著阻止大力前進。大力卻依舊向前攙起惠瑩，將她帶到窗邊，往樓下大聲叫喊並脫下身上的衣服用力揮動。

大力一個轉身，只見惠瑩坐在窗櫺，兩條腿垂在外頭。這時他才發現惠瑩的手真的傷得不輕，兩隻曾經在無數太歲爺頭上動土的靈活指掌，如今被壓得分不清手指的分界。

「大力，你要加油喔！」惠瑩笑了笑，說完就挪腳往下面跳。

「惠瑩姊妳在想什麼！」大力伸手一撈，只抓住惠瑩的衣領，他急得一張被燻灰的臉也脹成暗紅。

惠瑩垂著頭，悶悶的說：「大力不要這樣，我們會一起跌下去的。」

大力說：「是妳告訴我要有毅力有耐力的！我還有很多沒學到的……」「我這雙手還能教你什麼嗎？」惠瑩無力的答道。

這時火越燒越旺，炙熱的濃煙擦過大力背脊往窗外狂奔。大力已經半個身子都越出窗外，快要撐不住兩個人的重量了。

惠瑩說：「大力，放手吧，我不怪你。只是你一個人要耐得住寂寞啊！」大力

咬緊牙根，死攥著惠瑩的衣領。

突然後方一團火挾熱氣衝來，將大力燒得齜牙裂嘴，再也撐不下去，便跌出窗外，從四樓墜落……「惠瑩姊！」他在失去意識前，一心掛念恩師。

幾天以後，大力在醫院睜開眼睛，發現自己除了眼睛鼻子嘴巴，幾乎都裹在石膏中，為了防止褥瘡還吊得高高的，像是可憐的線控偶。

「你醒啦？」張媽媽出現在大力的視線範圍內，開心的望著他。「唔……」大力想說些什麼，但稍微用力，全身就激起一陣痛。

媽媽斂起笑容，對大力說：「你什麼都不要想，好好躺著。醫生說你全身多處骨折，不躺個十天半個月是不可能的。」大力「呃」了一聲，非常無奈的答應了。

醒來後又經過一個禮拜，大力總算是能勉強自行吞嚥、說上幾分鐘的話。

一天中午，張媽媽帶著悶燒鍋坐到大力旁邊，一勺一勺餵魚湯。大力終於問出心中最恐懼的問題：「媽，惠瑩姊呢？」

張媽媽面色不改，彷彿早已準備這天的到來，沉穩的將湯匙放在一旁，問大力：「大力，你知道你們從多高的的方掉下來嗎？」大力點點頭。「你知道惠瑩姊的手被壓得很慘？」大力想起那恐怖的畫面，臉皺了起來。

「其實，不用媽媽告訴你，你應該知道惠瑩姊怎麼了吧？」看著兒子難過的樣子，張媽媽最後還是不忍心說出「死」這個字。

大力不發一語，任淚水像關不緊的水龍頭滴在灰白的病人袍上，暈開一大片。

從這天開始，大力的話愈來愈少，連痛都不哼一聲。醫生逐日觀察，一個月後還是無奈的告訴他，因為骨盆挫傷，出院後大概得坐好一陣子輪椅，還得天天復健；至於確切的痊癒日期……醫生搖搖頭，不敢斷定。

回到家裡，大力發現家人早已幫他把房間整理成適合病人的樣子，牆上有復健用的扶手，輪椅進出也十分方便，甚至他與惠瑩姊的照片，都悄悄移到櫃子最上層，以免他觸景生情。

大力輕輕笑了一下，他才沒那麼脆弱呢！惠瑩姊說過，要能耐得住寂寞，這他可不會忘。

每天大力都得扶著牆壁做復健，鍛鍊已經萎縮的肌肉。但幾個禮拜過去，大力痛苦的發現他竟然無法操作剪刀，更不用說更細緻的拿筷子、化妝用具等動作。這個現象不就是宣判他死刑嗎？大力無助的坐在輪椅上哭泣，手裡仍舊握著剪刀，使勁的擠壓，卻無法控制。

「你在哭什麼！」爸爸旋開房門，大力抬頭痛哭說：「為什麼是我？不能拿剪刀那我還能做什麼？」

爸爸臉色越發難看，似有許多憤怒積在胸前，但面對兒子，卻還是深吸一口氣說：「有誰說你再也不能拿剪刀了？」大力試給爸爸看，爸爸不置可否的說：「才復健幾個禮拜，你就期望什麼都恢復正常了嗎？你沒發現，有些事甚至再也無法回到正常了嗎？」

大力想起惠瑩的話，點點頭，於是爸爸轉身出去了。

接下來的日子裡，大力請復健師規畫一系列的手部復健，每日按表操課，漸漸的能夠撿起一些細小的物品，離恢復靈活的日子不遠了！

某天，大力拿起色紙，憑著往日記憶慢慢折出一隻展翅的鶴。他細細調整鶴嘴，開心的捧著紙鶴，一步一步慢慢走到客廳，想送給媽媽。

「咦，媽媽去買飯了嗎？」差不多中午了，媽媽卻不在家。大力想了想，又慢慢走到主臥室，決定把紙鶴放在媽媽的枕頭上，給她驚喜！

大力推開主臥室，走到床邊，他輕拍枕頭，讓紙鶴降落在正中央。大力坐上床，環顧四周；這裡也是他睡了幾年的的方呢！想到這兒，大力不免又站起來四處看看、摸摸。

「這是什麼？」大力看到梳妝台上有包藥袋，但家裡除了他以外還有哪個病人呢？大力拿起來，看見病患姓名寫著「林香蘭」……是媽媽！大力看不懂那串藥名，急忙看向主治症狀的部分，「緩解化療所引起的噁心、嘔吐感」。什麼！媽媽在做化療？為什麼？多久了……無數的問號在大力腦中串串排開，於是他回到客廳，撥了電話給媽媽。

「喂，大力啊？媽媽在外面，你中午想吃什麼等等我買回去。」媽媽在電話裡的聲音依舊樂觀開朗，一如以往她鼓勵大力追尋自己的興趣時，那種「天塌下來我也在你旁邊」的活力。

「媽，妳在哪裡？醫院嗎？」大力無法等到媽媽中午回來，問題脫口而出。

「我……」媽媽沒料到這句話，一時語塞。

大力深吸一口氣，說：「媽，妳忙完趕快回家吧，一定很累了。」說完兩人默默的道再見，掛下電話。

一個小時後，媽媽在爸爸的攙扶下回到家。爸爸忙著把買回來的飯菜擺到桌上，媽媽與大力坐在客廳，相顧無言。

「媽，多久了？」大力首先發難。

媽媽說：「就你不省人事的第二天，我倒在病房的上，被巡視的護士發現。送去檢查，才發現得了子宮頸癌。」她的聲音瞬間蒼老了十歲。

大力問：「姊姊知道嗎？」

媽媽點點頭，說：「知道時就通知她了……大力，我一直不想告訴你，因為這也不是什麼嚴重的病……」

「妳是我媽媽，這種大事怎麼可以不告訴我呢？」大力打斷媽媽的話，焦急的問：「那現在呢？做化療不是很難過嗎？」

媽媽像是想讓大力放寬心，微微笑著說：「手術前做化療比較容易根除，不至於轉移，所以只好忍耐囉！」

爸爸擺好碗筷，招呼兩人吃飯。

在餐桌上，大力偷偷觀察爸爸媽媽，發現爸爸不停的夾菜到媽媽碗裡，而媽媽就如同乖順的孩子，一口一口吃完。他們臉上的皺紋，不知何時變多了；他們的髮絲灰得驚人，就像是不知道誰翻倒了一盆水泥，淹沒總是頂天立的的父母，讓倚靠他們的孩子一時不知所措。

11 假髮

大力自從知道媽媽得了癌症以後，都盡量不要麻煩到家人，自己學著做點雜事。但他心中一直希望自己能夠回到火災前的時候，為顧客打造完美的造型，看自己的成果在路上、舞台上綻放光芒……

他常常看著網路相簿裡，過去自己與作品合照，琳琅滿目，不論是新娘、藝人、還想要變美的普通人，每個顧客的臉上都綻放滿意的笑容。大力好想念那種被信賴、肯定的感覺，而且讓他們變得更美，就像是親手妝點這個世界一樣，也是成就了一件大事。

「真不知道何時才能再回到那種景況呢？」大力暗暗想道。

就如同惠瑩說過的，這個領域非常殘酷，有些人一輩子都無法獨當一面，也有更多人熬不過試煉，提早離開。

大力在惠瑩的提攜下，原本也算是小有名氣，有時惠瑩忙不過來甚至叫大力先去幫忙處理。然而惠瑩過世後，大力至今仍無法操刀，老顧客難過歸難過，也只得另尋高明處理三千煩惱絲，更甭說新顧客上門了。

眼看著當初同時進惠瑩門下的幾個朋友，有的現在已經在大型連鎖店成為準設計師，有的跑去補習班準備考公職，還有的聽說走向不好的路，現在誰也連絡不上……大力真的覺得惠瑩說的好真實，因此對於她所說的「要耐得住、忍得了寂寞」就更是深信不移了。

他雖然現在沒有辦法靈活的在顧客身邊穿梭，飛舞剪子或化妝刷具，但大力天天上網搜尋大師作品，觀摩他們如何設計適合臉形的髮型、配得上膚色的彩妝等等。甚至在閒暇之餘將自己的想法化為草稿，存在電腦當中。「總會用到的！」他想。

這天，大力發現媽媽戴了一頂毛線帽回家。他知道這代表什麼意思，貼心的不提起這件事。但吃飯時，媽媽只擺了兩套餐具，招呼他與爸爸吃飯，接著就獨自一個人躲到房間去了。

大力與爸爸在餐桌用了沉默的晚餐，各自將碗盤洗淨晾乾，大力接著一跛一跛的踱到主臥室前，敲了敲門。

「大力嗎？媽媽沒事，不用擔心。」房內傳來媽媽的聲音。雖然聽到「沒事」，大力嘆了一口氣，覺得媽媽正在難過、哭泣，怎麼會以為他聽不出來呢？於是他旋開房門，走近倒臥在床上的媽媽。

「媽，沒關係，剃光頭總比禿頭好嘛！」大力說，「每次禿頭的客人都讓我很苦惱，不知道該幫他們中分呢，還是旁分。」

媽媽悶悶的笑了一聲，沒有太大的反應。

「而且妳也說過，這是為了要徹底根除才不得不做的呀！」大力試著鼓勵媽媽。

「我知道，可是……看到那些髮絲一綹一綹掉下來，還是會心痛。」媽媽終於肯承認自己的難過了。

大力摟著媽媽，說：「沒關係嘛，以後還會再長出來的呀！」

媽媽苦笑了一下，伸手脫掉毛帽，露出底下光滑的頭。她說：「可是在這一段時間呢？我大概連洗澡都不想拿掉帽子吧。」

「妳眼睛閉著，我幫妳洗，這樣妳就不會看到了。」爸爸不知在門口站了多久，突然認真的出聲。

媽媽發現爸爸在看，有點害羞，急著拿起毛帽想戴回去。

「欸，媽，不用戴啦！」大力把毛帽拿得遠遠的，「妳沒看爸一點都不介意嗎？」

爸爸走近慌張的媽媽，對她說：「我真的覺得妳這樣也很好看。」媽媽因為臉紅而轉頭了。

大力這時已下定決心要送媽媽一樣東西。

他闔上門讓爸媽獨處，慢慢走回房間，打開電腦，在搜尋引擎鍵入兩個字——「假髮」。

上百萬個搜尋結果瞬間跳出，大力點了幾個連結，發現是網路賣場，每一頂號稱「絕對真實」的假髮都要三、五千元之譜。大力皺起眉頭，覺得光從網路上看起來，那些假髮就很不吸引人了，不論是光澤或是髮型，都與真人相差甚遠，他怎麼可能還透過網路買這種東西呢？

大力回到搜尋頁面，突然看到幾個網站打著「徵求真髮」的廣告，他突然想到：「如果買那些非常沒有造型的假髮，經過我的改造，不就會變成非常吸引人的新潮假髮了嗎？」

於是大力根據網站上的地址拜訪幾家店以後，先買了一頂半長髮回家套在原有的練習頭型上。

「第一頂……要給媽媽什麼樣的髮型呢？」大力左思右想，不知道該從哪裡下手。

於是他打開之前設計草稿的資料夾，點選「中長髮」這項，瀏覽自己曾經畫過的圖檔——有向內微捲的、向外復古大捲的、小波浪……大力選定其中一張圖，甚至將圖片深深印在眼中。然後轉身從櫃子裡拿出塵封已久的工具箱，準備開工囉——

這幾天張爸爸、張媽媽一直不知道大力在房間裡面做什麼，叫他出來吃飯老是瘸著腿出房門唏哩呼嚕吞一陣以後又趕忙回去了。爸媽敲敲門想進去，也被裡頭充滿朝氣的「不可以進來，有祕密！」給勸退。

他們想，大力似乎又有動力做些什麼了，再怎樣也不算壞事吧。那麼就放他自由去忙也無妨。

某天早上八點，張爸爸正準備去上班，而張媽媽正在弄早餐時，大力從房間捧

了一個用紅布蓋著東西走出來。

「大力，這麼早起啊？」依舊戴著毛帽的媽媽從廚房探頭問道。

大力笑了笑，說：「媽，趕快弄一弄，出來看我幫妳做了什麼。」說完坐到客廳沙發上，爸爸也好奇的跟著坐了下來。

「來了來了！」幾分鐘後，媽媽將炒蛋端上桌，在圍裙上抹了抹手，走到客廳來。

「那紅布蓋的是什麼呀？」媽媽問。

大力的手在布上面虛晃了一下，先轉頭對爸爸說：「這個東西，是我親手做出來的。雖然您不喜歡我做這類工作，但請您看看，這是我多年累積下來的成果。」

他停了一下，繼續說：「這幾天我一直關在房間裡，用過去的經驗尋找最恰當的樣式，也用最熟悉的技巧，想做出最完美的成品。就在這裡，我要送給媽媽的假髮。」

大力伸手掀開紅布，裡頭是練習頭型戴著一頂與真人無異的假髮，看起來就像是從模型深處長出來的，還經過大師的修整，成為最適合它的髮型……張媽媽看了立刻掩住嘴巴，半晌，又忍不住埋到張爸爸懷裡哭了。

大力伸手將假髮拿起，遞給媽媽，說：「快戴戴看吧！」張爸爸輕拍張媽媽的背，推她向前拿起假髮。

那是黑褐髮挑染酒紅，在光線折射下，有時展現的是成熟女性最適合的穩重，偶爾又跑出深酒紅，是俏皮的時髦。

張媽媽仔細看著手中這頂精緻的假髮，一想到這是兒子貼心為自己打造的，眼淚又奪眶而出。

「噯，妳真是……今天怎麼這麼愛哭呢？」張爸爸伸手感受假髮的觸感，他說：「妳就戴戴看吧！」

張媽媽有點遲疑的將毛帽脫下，露出底下光滑一片的頭皮。

「小時候是棕黑的髮色、後來是鐵灰的髮色，現在……」大力仍然覺得有些心痛。

媽媽將假髮內的髮網撐開，小心翼翼的套上頭。大力上前用恢復靈巧的手指幫媽媽順了順髮型，讓每一根髮絲待在該有的位置但又不至於矯揉造作。

「好了！」大力高興的拍手，坐回沙發上欣賞自己的傑作。

媽媽顫巍巍的轉頭問爸爸：「我這樣……好不好看？」張爸爸抿著嘴角，點點頭。大力突然感受到，這已經是從小到大，爸爸對他最大的肯定了！

張媽媽慢慢的走到玄關鏡前，難以置信自己頭上竟然能看到睽違已久的髮絲，而且那個造型比先前都還要漂亮，捲度恰好隨臉頰溫柔的洩下，走路時還能輕盈跳動，就像是真正的、經過造型大師改造過的髮型。

「喜歡嗎？」大力還是有點忐忑。

媽媽在鏡子前轉頭，眼裡止不住的淚水又嘩啦啦淌了滿臉。

「謝謝。」坐在大力旁邊的爸爸突然說了這兩個字，讓大力也忍不住想好好哭一場。

從小受了多少欺侮，回家只有媽媽能夠安慰他，要是讓爸爸知道也只是再討一頓罵。多少年後的今天，他終於得到爸爸的認可。

「大力……媽……實在不知道該怎麼說，可是媽真的一直很高興有你這個兒子，也從來不反對你做自己喜歡的事」媽媽擦一擦淚水，哽咽的說。

「但媽沒想到，你居然變這麼厲害！」媽媽在淚水後面笑了起來，向前緊緊抱住同樣紅了眼眶的大力。

從這天起，大力還是每天窩在房間裡面，但是他愈來愈少想起過去的美好，因為眼下有更重要的事要做，他有親愛的媽媽需要幫忙——需要他的專業經驗及技術！

過了幾天，傍晚，大力左右各摟著一個紅布蓋的東西走到媽媽面前，說：「媽，戴假髮好處很多呢！以前妳要半年才燙一次頭髮，一年染一次；不用說髮型，光長短就不能隨時調整了。妳看我這次做了什麼！」說完請媽媽掀開紅布，露出底下兩頂嶄新的假髮——

兩頂假髮一短一長：短的是民初畫片兒上的學生頭，中規中矩的黑色透過光澤燙顯得健康亮麗，鬢角還尖尖的勾出優雅臉弧；長髮有些微波浪，巧妙的捲曲，讓沒有生命的練習頭型乍看之下還有些迷人呢！

媽媽說：「大力，你這是……這得花多少時間啊？」

大力正是發現先前那頂假髮老是被媽媽收在櫥櫃裡，除非萬不得已要出門，像是要去醫院做化療，或是有親友來訪，否則平常她還是日復一日戴著毛帽，所以大力決定能做多少頂就做多少頂——反正他瘸著那雙腿，在家也沒案子接，不如做點有用的事——這次速度挺快的，幾天就作出兩頂了呢！

張媽媽這次顯然毫無顧忌的脫掉頭上的毛帽，拿起學生頭假髮往頭上戴。

「新髮型啊？」爸爸剛下班回到家，就看到一個學生頭女孩兒站在自家客廳，乍看有些眼熟，下一秒便發現——不正是自己的太太嗎！

媽媽靦腆的問道：「這頂大力新做的，好看嗎？」

爸爸挑了一邊眉，說：「這位漂亮的小姐，請問妳今晚有空與我共度浪漫的燭光晚餐嗎？」

「就我們兩個？吃飯？」張媽媽嚇了一跳。

大力趕忙說：「我今天肚子痛，在家隨便吃吃就好。」刻意要讓父母有專屬於兩人的時間。

媽媽囁嚅說：「不是啦……只是很久沒有出去吃了，總是害怕病懨懨的樣子倒人胃口。」

爸爸笑著說：「你戴這頂假髮出去，搞不好人家還以為是我帶女兒慶祝什麼呢！」

媽媽晃晃頭，感受假髮輕盈在臉旁飄動，開心的說：「那等我去換個衣服吧！」說完就走進主臥室了。

爸爸默默看著另外那頂新的長假髮，問大力：「做這個……很累吧？」大力搖搖頭，認真的回答：「這是我能為媽媽做的小小事情，絕對比不過您與她曾經為我做過的。」

這時，媽媽換了一襲米白色洋裝旋出主臥室，在客廳轉了一圈，讓裙擺飄起一陣波浪。大力拍手笑說：「爸爸，你可要看緊媽媽了，搞不好餐廳裡會有哪個年輕小夥子把她帶走呢！」

送走爸媽，大力回到自己房間，看著變成臨時工作台的書桌，想起他曾經在這裡灰心喪志，覺得自己再也不可能拿起剪刀、人生再也沒有意義，實在是很可笑。生命的意義，不就是自己主動尋找才會得到的嗎？

想著想著，大力決定將自己這一陣子的心路歷程放上網誌，因為那樣可以影響更多人，也許，就像是過去惠瑩姊毫不藏私的教導他那樣，他也會成為某些人的人生導師呢！

過了幾天，大力的媽媽做完化療回到家，雖然聲音虛弱，但還是堅持要對他說：「今天在醫院，有好多病友都稱讚我的頭髮，有些新朋友甚至以為我怎麼化療還不會掉頭髮呢！」

大力從身後拿出一個箱子，裡頭有五個練習頭型，各自戴著不同髮色、髮型的假髮，對媽媽說：「這些都是妳的新髮型，是我量身打造的，當然適合妳囉！」說完扶著媽媽回到主臥室歇息。

坐回電腦前，大力靜靜想了一陣子，抬指打出對媽媽罹病後的關懷，以及對媽媽「光頭」的心疼——那是癌症病患家屬才有的體悟。

打完這篇文章，大力慢慢拖著依舊有點瘸的腳到廚房為自己沖杯熱可可。再次回到座位前，他看見文章已經有了三、四篇回應——

「你竟然會自己做假髮，好厲害喔！」

「加油喔！」

「有沒有照片啊，我也想幫我媽媽買一頂可以嗎？」

大力笑著看這些回應，除了應他們要求，將自己的草稿與成果照一一上傳，還再度抬指打下：「這是我根據過去在惠瑩姊底下學習的經驗及技術，為自己的媽媽量身打造的。親情無價！」

沒多久又是好幾篇回應——

「惠瑩是那個火災過世的設計師嗎？」

「惠瑩很厲害耶！她都幫很多藝人打理造型。」

「你好厲害喔，難怪假髮這麼好看。」

大力重拾信心，感到此事似乎大有可為！

12 柳暗花明

孝順的大力答應媽媽要積極做復健的工作，即使復健加於身體上的疼痛再多，仍澆不熄大力對於美容美髮的熱情。由於他勤奮的復健，病情逐漸好轉。媽媽看到兒子的病情穩定後，情緒上也得到了安定，病情也隨著兒子的好轉而緩和許多。

大力幫媽媽設計的假髮一頂比一頂還要精緻，一頂比一頂還要特別，設計到後來有了開店的念頭，於是便和媽媽一同開了間假髮店。

這間假髮店位在一條小巷中，並非在喧鬧的街頭，大大的落地窗罩住整個店面前方，當陽光透進時，每時每刻櫥窗上的假髮都擁有不一樣的風貌，尤其在夕陽西下餘暉透進時，一頂頂的假髮會閃閃發亮。

當這家店開幕時，只有幾個街坊鄰居來恭賀，喝個茶宴後就散場了，只見一個人默默的坐在櫥窗前看著一頂頂的假髮發呆，正是大力的爸爸。

像是看出神一樣，大力在後頭叫了三次爸爸，第三次才得到了回應：「什麼？」語氣中帶點驚慌的回應了大力，大力吞吐的說：「您在生氣嗎？」爸爸仍然盯著櫥窗裡的假髮看，過了幾分鐘後才轉向大力說：「這裡的陽光透進來，剛好。」

於是爸爸起身，走出了假髮店，點了一根菸，從外向店內看，板著一張酷酷的臉，點了頭說：「早點回去休息吧！」大力也跟著點了頭，看著爸爸的背影離去，他知道爸爸這樣是默默支持著開假髮店的這件事——以前這在爸爸眼裡是極為荒唐的事。

以前厭惡大力喜歡從事這類工作的爸爸，態度上的轉變讓大力增加了許多信心，成為大力開店的重要支持之一。

在假髮店的第一個櫥窗，也就是爸爸一直盯著的那個櫥窗，放的正是大力為媽媽設計的第一頂假髮，是為了做化療而失去頭髮的媽媽，讓媽媽看起來仍然容光煥發的假髮。

叮鈴——門鈴響起，一位漂亮的男人走了進來，他說他想要一頂特別的假髮，特別到讓別人認不出來他是男兒身的假髮。

不出意料的，那漂亮的男人，第一眼就看上了第一個櫥窗的假髮，可能因為採光佳，亦或許是設計剛好符合他的品味，他便馬上毫不思索的問：「那頂多少錢？」大力露出了惋惜的表情回覆：「抱歉，那是非賣品。」漂亮的男人大叫：

「擺在這裡給人欣賞又不能買這樣太缺德了吧？」大力連聲說著抱歉，但是他知道那頂假髮的意義是什麼，所以他堅持不賣。

漂亮男人鼓著腮幫子：「好不甘心。」於是露出了失望的表情，推開門正要走出去時，大力叫住了他：「我可以幫你親手設計一頂專屬你的假髮。」

男人停住了腳步，放開了拉到一半的玻璃門，一擺一擺的走向大力，開心的說：「好啊！那你覺得我適合什麼樣的頭髮？」

大力想了想，繞著他轉了一圈後拖著下巴沉思著，男人歪了頭問：「很難設計嗎？」大力搖搖頭，還是沒有說話，持續的盯著他看……

過幾分鐘後，男人有些不耐煩的說：「如果你沒有能力設計出來，我可以去別間店。」大力終於抬起頭，拿起紙筆，開始一筆一筆的畫出雛形，即使是黑白線條的構圖，卻讓漂亮男人目瞪口呆。

「我想我會盡我的全力將它做出來的。」大力將手上的草稿放進一個櫃子裡，然後向他說：「給我一個禮拜的時間可以嗎？」男人早已被草稿驚艷，連忙點點頭，帶著一些羞愧和滿意的喜悅走出了這間店。

沒多久，大力的母親從店面櫃檯後方走了出來，語氣中帶點疑惑的問大力：「怎麼會想要為他量身訂做呢？」大力攙扶著虛弱的母親，一邊解釋道：「如果為每一個人訂做他們想要的頭髮，他們一定都會很滿意的。」母親拍了大力的肩回應：「可是這樣你會很累的，如果每一個人都這樣要求，只有我和你怎麼可能有辦法呢？」

大力笑了笑說：「可以的。只要每次幫一個人設計一頂假髮，就多一頂我所設計的假髮在街上被眾人矚目。」胸有成足的大力肯定的向母親回應。

一個禮拜後，漂亮男人來到了大力開的假髮店，準備拿大力為他設計的假髮。叮鈴——門鈴響起，那男人走了進來，目光一下子就看到了櫥窗裡的第二頂假髮，露出吃驚的表情問大力：「老闆，這頂假髮是我的嗎？」大力用夾子小心翼翼的夾起那頂假髮，漂亮男人興奮的將之戴上，跑到鏡子面前大叫：「好適合我喔！」於是他轉了右邊又轉了左邊，自轉一圈後停在正面滿意的看著頭上那頂假髮，是大力為他特別設計的假髮。

看到客人如此開心，大力的成就感也就油然而生。漂亮男人拿出一疊鈔票說：

「這是我剛剛特地去領的錢，說吧！這麼特別的假髮一定很貴的，我負擔的起。」大力搖搖頭說：「你是我們第一個客人，看到你那麼喜歡，這頂假髮就算是來店禮吧！但是希望你能好好愛護它，畢竟是獨一無二的……」話還沒說完，漂亮男人打斷了他的話：「怎麼可以這樣呢？你花了一個禮拜的時間幫我這個陌生人設計一頂假髮，還不收半毛錢？」一臉又驚又疑的問著大力。大力連忙解釋：「只是因為你是第一位客人，看你那麼滿意我也很開心。不是因為那頂假髮有問題喔！」

大力又接著說：「希望你能多戴它出門，不要只放在家中擺著而已。」漂亮男人點頭如搗蒜，毫不猶豫的說：「當然沒問題。」

那天晚上，在那條小巷內，看到一位貌似女人的男人，戴著一頂專屬他的假髮，開開心心的走了出來，吹吹口哨，蹦蹦跳跳的消失在小巷的盡頭。

目送他離開的大力和大力的母親，在門前開心的笑了笑，然後進入屋內，坐在沙發上，等著下一位客人的光顧。

過了兩三天後，還是沒有第二位客人上門，或許是因為小巷裡的招牌太不顯眼，或許是那位漂亮男人沒有大肆宣傳這間店的美好，或許是店面的宣傳不夠，就是等不到客人上門光顧。

這一天，大力正盤算著開店的支出及收入，在櫃檯前踱步時，有人來了。

叮鈴——門鈴響起，一位戴了鴨舌帽的女人走了進來。

她沒有說話，一走進門便自個兒的坐在沙發上，點起一根香菸，看著煙的飄動，若有所思的樣子。

大力想要上前阻止她的吸菸行為，卻被她所震懾住了，原來靠近看才知道，那頂鴨舌帽下，是空的。當那女人發現大力盯著她的頭頂時，生氣的將菸熄了，丟進腳前的垃圾桶，兩眼瞪著大力罵道：「有什麼好看的？你們這行不就靠我們這些生病沒頭髮的人賺錢嗎？」

大力傻住了，他還來不及接話，那女人又再次點起一根菸。

像似有雙重人格的她，輕聲細語的說：「對不起。剛剛是有點激動了，但是對於你帶有異樣的眼光讓我很不舒服，感受不到那一點點的尊重。」

大力對於她如此大的轉變嚇了一跳，想要急忙解釋及道歉他剛剛的行為，卻又被打斷，沉默許久的女人又再次開口：「我需要一頂假髮，相信你也看到了我最醜陋的一面。」那女人講出這句話時，露出了一抹無奈的笑容。

「我想先跟妳說聲抱歉。」停頓了一下後，大力繼續說：「我剛剛不是在恥笑妳的頭髮，而是我在讚嘆妳漂亮的頭型，抱歉讓妳有感到不愉快，但我真的沒有那種惡意。」那女人看了大力一眼，繼續抽著還沒燒到一半的菸。

大力繼續說道：「希望妳不要再說出像剛剛那種話了。假髮店不是靠你們生病而賺錢的，我媽媽也是為癌症患者，也因為做化療而掉了頭髮。」那女人將菸熄了，抬頭看一下大力，然後不說話。

大力緩慢的說：「這間店也是因為我為我媽媽做了假髮後，才開始的。」停了一下後，又道：「所以我對於你們這種病人是很尊重的，再次對於我剛剛的行為道歉。」說完後，那女人從沙發上站起，在店裡走了一回。

「這裡的假髮，都是設計給我們這種人嗎？」大力對於那女人的用詞聽了有些刺耳，皺了一下眉頭，搖搖頭說：「不，只要喜歡的、適合的人，就能夠戴上任何一頂假髮。」

那女人不屑的回答：「除了沒有頭髮的人，誰還稀罕你設計的假髮？」她把頭撇向旁邊，不瞧大力一眼。大力拿出那漂亮男人的相片對她說道：「這是我的第一位客人，他有一頭烏黑的短髮，但是買了一頂很適合他的假髮。」

這時那女人將鴨舌帽拿下，指著自己的頭說道：「頭型再漂亮，沒有頭髮有用嗎？」激動的她讓大力不知如何是好。

「我可以為妳設計一頂屬於妳的假髮。」大力吞吞吐吐的說出這句話。

那女人嘆了一口氣，猶豫了一會兒，回答：「如果可以，那假髮可以讓我更有自信一些嗎？」大力點點頭，再次看了那女人的頭型，像上次的一個男人的情形一樣，開始拿起畫筆設計草稿，然後丟入櫃中，並告訴那女人需要一個禮拜的時間。

那女人的臉色顯得有些驚訝，但不像上個男人那樣的欣喜若狂，只是淺淺的點了頭，道謝後，轉身就離去。

那是第二位客人。大力不解的問自己：「為什麼吸引不到那些趕潮流的年輕人呢？還是大家都覺得，戴假髮是一件很可笑的事？」於是他做了一份問卷調查，調查社會上不同圈圈的人，對於假髮的看法。果然，大家對於假髮還是有些懼怕，有些人覺得沒頭髮才需要戴，有些人認為變性才需要，還有些人認為白頭髮太多才需要。這樣的結果讓大力有些失望，在這個小巷中，大概不會有太多人知道這間店面的存在吧！

於是大力與媽媽討論該如何打破社會大眾的迷思，尤其是青少年。媽媽說：「現在的年輕人，想要的是什麼你有想過嗎？」大力搖搖頭，對於青少年這塊市場，他似乎一無所知。對於他而言是新的挑戰，因為他還沒有為一個年輕人設計過一頂屬於他們的假髮。

於是大力決定，為自己設計一頂屬於自己的假髮，好歹自己也是個三十歲不到的年輕人。

這次卻不只花了一個禮拜的時間，他想要如何吸引到大家的矚目，又怎樣的型才會適合他？媽媽也參與了製作過程，給了他許多的意見及看法。

成果出來後，大力決定每天戴著它在街上走動，當作活招牌，不出所料的，許多年輕人因此而被吸引了，開始詢問他頭上的假髮是哪裡賣的？一頂多少錢？為什麼那麼有時尚感等等的問題，大力一一解答，樂此不疲。

叮鈴——門鈴響起。眼看一群大學生走了進來，一個的頭髮比一個還要酷炫，看不出來哪裡還需要一頂假髮呢？只見他們對著櫥窗裡一頂頂的假髮指指點點，大聲討論著那頂好老氣，這頂好酷，那頂還怪喔……這類的話語一直重複出現，鬧哄哄的，把整家店的氣氛炒熱了。

大力戴著那頂他為自己設計的假髮，走向那群大學生。

「哇！你頭上那頂假髮真的好酷喔！」其中一個男生大叫驚嘆著，其他人也跟著驚呼連連，「你可以幫我們每人都設計一頂那麼特別的嗎？」一位女生用像針一般細的嗓音問大力，大力微笑的點點頭回答：「你們每個人可以將你們的想法告訴我，好讓我在設計的時候能夠將你們的需求加入構思。」於是一大群人興奮的又叫又笑，「很貴嗎？」其中一位身體較壯的男生問了這問題。

大力愣了一下，不知道該怎麼說明一頂假髮的設計到製作完成需要多大的精力與心血。講出價錢又害怕他們掉頭就走……

於是大力沉思了一下，委婉的說：「其實你們知道一頂假髮從構思到製作完成，需要費很大的心力，特別是訂做的……」話還沒說完，其中一位女生大方的回答：「沒關係，價錢我們無所謂，你就直說吧！相信大家都知道物以稀為貴的道理，何況你還願意為我們每一個人訂做呢？」聽完後大力頓時傻眼，因為他以為他們會掉頭走掉或者是對於假髮較於昂貴嗤之以鼻之類的，沒想到現在年輕人都很願意在造型方面花大錢去打扮。

大力鬆了一口氣，微笑的點了點頭，開始觀察每一個人的頭型，然後與每一個人討論，要什麼樣的假髮，顏色、形狀、多寡、捲度……每個年輕人都各自說出了自己想要的樣子，大力將每個人的需求寫得一清二楚，深怕漏掉任何一個。

在一陣喧鬧討論後，大家滿意的向大力道謝後，陸續的走出了店。

黃昏的小巷裡，有一群熱血的青少年，為了他們自己的造型，付出多少都願意，蹦蹦跳跳的離開了小巷，消失在小巷的盡頭。

雖然接到如此多的訂單大力很開心，但也開始煩惱要如何製作出如此多頂的假髮，因為人手就只有他和媽媽兩人。但是喜悅還是大於憂慮，因為終於能夠為年輕人設計，讓他們明白假髮的意義不僅止於刻板印象而已。

接下來的日子裡，大力與媽媽日以繼夜的製作那些假髮，因為是第一次所以特別謹慎小心，深怕遺漏些什麼，但是媽媽的身體還是要顧，所以到了晚上都是大力

自己獨自一人在燈下畫畫改改，然後再請媽媽給一些建議。

幾天之後，在沒日沒夜的趕工下，終於完成了所有特製的假髮。

叮鈴——門鈴響起。那群大學生還是像上次一樣鬧哄哄的衝進店裡，興奮的問說假髮好了沒，大力從櫥窗中一頂頂小心翼翼的夾出成品，一個個的交在他們手中。每一個人都興奮不已的拿起來馬上試戴，在大面鏡子前露出了滿意的表情，有些人拿起相機拍照，有些人開始比較誰的好看，誰的比較特別，大力看到活力的年輕人戴上自己親手設計的假髮，開心溢於言表。

經過一番比較和拍照過後，這群年輕人毫不手軟得拿出剛剛領的千元鈔票，一個個在櫃台付帳，如此心甘情願的花大筆錢，讓大力真的吃驚不已。

興奮得不得了的大學生們，開始玩起互換假髮然後嘲笑對方的遊戲，每個人都被逗得哈哈大笑，整間店充滿了朝氣，不像是平常的假髮店，那樣冷清。

鬧了許久後，一群人浩浩蕩蕩的走出了店，這時正也是黃昏，陽光照在每個人的頭上，假髮更為引人矚目了，於是走在時代尖端的這群人，彷彿成了大力假髮店的代言人。

毫不意外的，他們開始在電腦上宣傳大力的設計，上傳他們戴假髮的照片，引起了熱烈的迴響，許多人開始詢問此間店的地點，甚至出現了地圖指引，因為他們的熱烈宣傳，使得大力的假髮店不再冷清，上門的客人源源不絕。

每一天都能夠看見，在那條小巷中，有好幾位客人戴著一頂獨一無二的假髮，以及滿意的笑容，從大力的店裡走出來。對大力來說，每位客人開心的戴著自己設計的假髮，是多麼有成就感的一件事啊！

13 一村又一村

在該是城市吃早餐的時間，與安靜而清爽的早晨格格不入的一小群人，擠在一家外表並不起眼的店門口七嘴八舌討論著。

「真的就是這一間嗎？」一名看似還十分年輕而打扮入時的女人，這樣不可置信的問著。

「該不會是弄錯地址吧？」身背著三公斤以上的攝影器材，一名上了年紀的大叔顯得有些不耐煩。

一群人熙熙攘攘的等待著。

「匡啷……匡啷……」鐵門像是提出抗議一般，依著聲音爬過這群吵雜的人們頭頂，就這樣俯視著他們的髮旋處。

一名男子從裡頭走了出來，但是，如果仔細觀察可以發現，從這男子的眼中看到的是一股熱情、執著，在好似沉穩的外表下，眼神中沒透露出對夢的疲乏、對世事的冷淡。在這名男子的眼眸中是對一切可能的渴望，去追尋的熱情。

在職場閱人無數的攝影師大叔看出來了，看出這還滿腔熱忱的年輕人，對於身旁一頂頂髮絲有著不言而喻的情感。

在攝影師大叔陷入自己想法中時，銀鈴般清亮的聲音劃破了攝影師的思緒……

「您好，敝姓黃，我是來自《時尚》媒體的記者，請問你就是大力先生嗎？我之前有和你e-mail連絡過的，非常感謝你今天同意我們的專訪。」幾乎是老套的開場，刻意維持的爽朗。

大力感覺不到絲絲的真誠，但是卻是難以抑制的興奮湧上心頭，心臟用力的拍打著大力的理智，讓大力著時的感到些許的暈眩，在接到記者電話時，固然高興，但一切沒有什麼真實感，直到今天，鐵門捲起伴隨著陽光，閃亮亮的是對於未來的想望，這些記者稍來的是一份確定感，「真的受到別人的肯定了，終於有人注意到自己的努力」，喜悅就像是一陣風，吹起你的頭髮，卻一併拂去腦中的困惑與徬徨，讓頂上頓時好輕好輕。

「嗯，謝謝你們，嗯，那……那……你們裡面請。」舌頭在緊要關頭罷了工，手像是多的不知收放在哪裡，一隻腳擋在另一隻腳前面，向來相安無事相處了十幾年頭的兩邊如今交會打了一架，在踉蹌進入店裡，笨拙的情況一直到坐到椅子上，大力的心這才稍稍平靜一點。

入內後，前來採訪的人看見一名婦人佇立於桌椅旁，臉上帶的一抹微笑，那是一種沒有負擔，讓人看了彷彿感受到楊柳拂面，見者也不禁報以微笑，甚至是傻笑吧。

「歡迎你們！」婦人依舊掛著微笑，與黃姓女記者、攝影師大叔、以及一名同行助理依序握了手。沒有多說什麼，逕自轉身離去，在回來手上端著是一杯杯飄香之茗。

「我相當的好奇，你當初是如何的踏入假髮業，並如何在一片低迷的市場中獲得這麼好的反應？」

記者得知，開店乃是因為看到愛漂亮的母親，因得了癌症做化療而剃髮理成光頭，這點讓大力相當心疼。為了幫媽媽維持美美的髮型，於是他開始做起一頂頂假髮的因緣際會皆相當感動。

大力也認真仔細的講解他手下所做的每一頂假髮，因希望戴的人都可以變美麗的心意，使得大力的假髮格外柔順而美麗，大力所投入的情感投射在千萬髮絲的光澤上。

「只是用心吧！」大力這樣說。

「我只是聆聽我自己的心，我喜歡美麗的事物，是我心所嚮往，我認真對待美麗的事物。」

「因此我真心希望身邊所人是物都能美美的。」

「而我想這遺傳自我的母親，這份審美意志是禮物，不是別人口中什麼奇怪、不合理的。」

「美，沒有對與錯。」大家都注意到在大力眼中閃過那道光芒。

記者們對於大力的一番言論無不感到欽佩，這位年輕人無所畏懼的追求美的執著，理解大力的背景後，在欽佩之餘又流露出一絲絲同情，在世界賦予世人過多框架限制時，走自己的路是多辛苦的一件事呢？能堅持下去的又有幾人呢？無不投降於刻板印象罷了。

年輕的黃記者對於大力的假髮是愛不釋手，此次訪問其實也是一系列專題照像的前哨站，向來有點刻薄的黃記者，也是自稱美的追求擁護者，對於自己時尚品味深具信心，這樣的她仍舊對於大力手藝的讚賞不已，腦中只想著立刻與主編連絡商討造型問題。

下一秒，雜誌社的電話鈴聲響起。

「主編，沒有誇大不實的傳言，我們已親自證明過。」

「沒有想到你會對這間小店有如此高的評價。」主編大為吃驚。

「我在這間店戴過許多假髮，它帶給我不是遊戲的心情，而是變美的情感，許多髮型是我以往想也沒想過，卻讓我如今想嘗試的，原來之前那些其他試戴過的假髮，讓我看不出我真正的面貌。」

「原來是因為我帶的只是『假』髮。」黃記者繼續說。

「我今天看到的戴的是不同美麗的可能。」

主編在電話一頭陷入了沉思。

心想「有如此高的讚譽，若錯過了定是惋惜的事。」

但是無奈，現今大環境經濟不景氣，哪個部門不在搶資源搶資金的，這個專題能再向上申請的金額恐怕是……

其實，打電話的她心裡有是有底的，恐怕是不可能的。然而激動的心情驅使

下，使她撥出電話。她的電話要打向一個死胡同罷了！在一旁的攝影大叔及助理個個面面相覷。

過沒多久，雜誌社回了電話。

主編只淡淡說了一句：「妳知道的。」

但是她並不死心，她決定向大力提出要求。

她和同事一行人約了大力和大力的母親一同用餐，選擇了一家氣氛很溫馨的小餐館兒。畢竟要提出一項有些失禮的要求，總還是希望氣氛、環境能緩和緊張，並對於所提要有所加分效果。

在飯局當中，黃記者對大力以及他的母親說到了她構思的一些雜誌專題，她用了許多溢美之辭，來稱讚大力的作品，也不斷的表明，只要大力加入她的專題內容參與造型設計，一定能夠「一炮而紅、名利雙收」。

人很奇怪，在心虛的時候總會說得多、解釋很多。

可能這位黃記者對於雜誌社不能支付任何費用給大力，覺得有點過意不去，於是她就盡量對大力說好話，說到有點天花亂墜的地步。她極力爭取大力來參與這個專題，只是一點都沒有提到這是個「零預算」的專題。不知情的人乍聽之下，還會以為雜誌社打算「重金」邀請大力前來長期合作，完全不會想到所謂的「一炮而紅、名利雙收」會是很久、很久以後的事情，而且這當中的「利」還不是雜誌社給的。

對於時尚雜誌社可能會提出合作機會的可能性，大力是有想過的，在真正遇見記者前，大力在腦中編織不下千百種可能。

聘請為專任設計師……

找他與大明星配合……

還是乾脆栽培他出國深造……此時大力笑容掩也掩不住。

大力當然也有想到壞的一面，但是，一旦往好的一方面去幻想，總是難以接受任何不盡人意的事，即便在腦海中，在想完美好的憧憬後，在讓思緒轉到灰暗面都讓人難以承受。

「我們真的很喜歡你的假髮，你的手藝無庸置疑是頂尖的，你投入的那份心意恐怕是很多業界、時尚界設計師無法企及的，但是我必須說我們很抱歉，無法提供你設計師的費用。」

大力露出不可置信的表情，盯著黃記者瞧。可能前面這位黃記者說得有點過頭了，以至於現在提到一毛錢都沒有時，顯得前面的那些好話都像是為了說服大力做「免錢」的，才硬擠出來的假話，大力有如被人吹捧上了天堂、又重重摔回地上，莫名的羞辱感立刻湧上心頭。

「大力你必須了解我們並不是看不起你的專業審美能力，只是如今環境景氣一片低迷是眾所皆知的，我們雜誌社內大家經費搶得兇，這個部分我們是沒辦法多支出的。」

故然黃記者誠實的解釋，但此時大力是什麼也聽不進的。

大力悠悠吐出「這麼大間的雜誌社說沒經費怕是藉口罷了，根本是瞧不起人，覺得小店沒名氣付什麼人事費吧，對於造型設計，這真正無價更加需要費心的手工，才會一毛也不想出。」

「你別誤會，我們真的有費力爭取了！但是這專題本不受上頭重視，只是小枝葉，大部分預算早已給攝影模特兒和攝影師部分吃得死死的。」

但是，黃記者心裡有數，這只是上頭為了省點錢，而壓縮許多該重視的品質，但無奈利字掛帥，銷售量決定一切，高獲利才是宗旨。

目前普遍重視的是主角的名氣，也就是卡司，哪裡管得到背後的團隊呢？被不斷壓縮也是無可厚非的現況，對於高期待下的大力，這哪裡是他會去想的。

大力的母親在一旁不發一語。靜靜的聽，細細的看，聽媒體方面的理由，看黃記者和攝影師的神色。

大力情緒此時有些激動，「不給就是了，找這麼多理由，說穿了還不夠大牌就是要做白工就是了。」

大力的母親此時握住大力的右手，並且輕輕拍拍他，對他露出冬日午後陽光的微笑，「大力呀，沒關係的，你再想想。」

「你再想想便是了。」

經過大力母親的安撫，大力情緒平復許多。

黃記者無奈表示抱歉也只能給大力他們考慮的時間。

在走回家的路上，大力的淚珠一顆顆滾下，直直落過大力的臉頰，像天上流星帶著長長尾巴，炫麗閃耀卻是要殞落。

難掩失落的大力一個勁的向前邁去，刻意離母親三步的距離遠，不想讓母親失望，這麼充滿期待壯志成成，卻讓母親看笑話了。

大力怨著讓他失望的雜誌社，更怨的是自己怎麼會讓母親看到自己的希望落空。

一路上大力的母親靜靜的與大力保持三步的距離，一直直到看見賴以為生的小店門前。

「大力，別那麼快進去好嗎？陪媽媽散個步，家裡的醬油恰巧沒了一道去買吧！」

「嗯嗯，吃飽散散步也不錯呀，對身體也是比較健康的。」剛剛大力卻是筷子動也沒動過。

做母親的哪裡會沒注意到呢？大力的媽媽將大力帶往平常常去吃的小店，沒有華麗的裝潢，有的是簡簡單單的陽春麵、滷肉飯，和一些小菜，大力的媽媽點了他最愛的道口燒雞。這以往可是有值得獎勵時母親才會點的小菜，大力一點也不明白今天為什麼母親會點道口燒雞，他失敗了呀！人家一點錢也不想付，是想要他做白工而已呀，有什麼值得獎勵？

「今天提醒恭喜你要上雜誌了！」大力的母親說。

「媽媽，他們今天說的話你不是也聽到了？他們的意思是不打算支付，這不是欺負我們嗎？」

「可是當初你一想到可以上雜誌不是相當高興嗎？」

大力不發一語。

「上雜誌不是本身就是件令人高興的事呀！我而要上雜誌讓所有人看見做媽的有多光榮呀。」

「媽……」大力霎時有些臉紅。

心裡知道母親是為了安慰他罷了，但是卻也勾起大力回想當初，那最當初，光是聽到消息時尚雜誌要來時的欣喜若狂，那時哪裡想得這麼多呢？又從何時自己開始計較這些呢？

「其實去做造型設計一直是你喜歡做的事情呀！現在我們生意小有起色，不必要為你的喜好貼上價錢。」

「當做去玩一場，在哪有一流的專業的服裝、彩裝搭配，你有機會在那些名人身上指手劃腳呢！」

大力的母親和大力同時笑了出來。

「也對，不是拿錢辦事，我有更多構想、更多自由可以發揮。」

「是呀！能這樣想很好。」

此時大力或許是因為放鬆了心情，肚子竟咕嚕咕嚕叫起來。

「剛看你一口也沒動，就知道你一定馬上就餓了，不管發生什麼是也別虐待的肚子呀！」

「來快吃！涼了就不好吃了。」大力母親邊說邊將道口燒雞往大力的碗裡夾，又起身去端了幾樣小菜。

大力與母親聊完後也想了很多。

「理解在當今社會下畢竟是有些不可抗拒的現況。」大力母親拿著小菜坐下，又立刻忙著夾菜給大力。

「或許不是老是以自己的觀點出發，換個角度。」大力的母親邊催著大力快吃，一邊說道。

「理解這機會不是人人都有的。所謂行銷還得花錢買廣告呢！如今可以上時尚這樣有名的雜誌，不能只想著近利，眼光放遠一點。」

「媽媽永遠相信你，你是知道的。」

大力嘴巴塞滿食物還是不停的往嘴裡送食，似乎想掩飾淚眼闌珊。

「你是很棒的，只是給自己一點時間，生活周遭一切都是機會，不要把機會擋在門外。」

大力仍舊十分高興並感謝有這次機會，只是表面的不順遂遮蔽了他的雙眼，使他忽略最根本……他自己。

他忘了那些最初的美好。

母親的一席話讓他審視自己，小小的被人注意到，可能讓他沖昏了頭……

14

小牌明星

造型的專題上雜誌以後，大力的店在一夕之間成為街坊鄰居的話題，甚至在業界也獲得極高的詢問度。來自各地的邀約接踵而至，大力忙得不可開交。

而最為此事開心的就是當初力勸大力和媒體合作的媽媽了。她臉上總是掛著驕傲的笑容，挺著剛做過化療的身子在店裡忙進忙出，比大力還忙碌呢！有時和老主顧寒暄閒聊，有時招呼慕名而來的新客人。連大力要她多休息也不願意，每每看著媽媽嬌小而拚命的背影，大力總覺得很不好意思。

大力回想起自己自從開始這份工作以來，遇到的挫折與困難。從最初沒沒無聞的洗頭小弟做起，每天追著似有若無的目標揉擦著阿嬤熟客們的頭皮，但自己仍是努力的學習。後來，當上設計助理師時被惠瑩姊所挖掘，以為人生終於要步上軌道時……卻不幸發生了那場火災意外。之後媽媽又得了癌症，但也因此自己才成立了這間假髮專賣店，到擁有這一切。

「只要可以看見媽媽這麼開心的樣子，所有的辛勞也就值得。」這是大力目前最深切的感想。

這天，禮拜一早晨，對大部分上班族而言是憂鬱的星期一，卻是大力店裡最清閒的時刻。店裡只有兩三名媽媽級的熟客，此時正在和媽媽聊著時裝雜誌上的配件，偶爾穿插一些街坊鄰居的八卦。大力邊掃著地，腦中思索的是前幾天剛收到的電子郵件，一筆與國外藝人合作的案子。對方希望大力能負責藝人的整體造型，而非只是假髮的部分。大力原本是想婉拒的，但心裡又想著這不失為一個機會，小時候為女同學的舞蹈表演化妝的回憶突然地湧上腦海，或許這是一次實現兒時夢想的契機……

此時，一聲清脆的風鈴聲響起，是店門被推開發出的聲響。大力一轉頭，看見一名身材高挑，束著高馬尾，穿著俐落卻戴著墨鏡的女人走進店裡。她上下打量著店內的裝潢，最後終於將目光投射在圍著圍裙的大力身上。

「請問是設計師張大力先生嗎？」女人甫摘下墨鏡，就引起了圍在角落聊天的婆婆媽媽們一陣低聲討論，但大力只是覺得眼前的人似乎在哪裡見過，卻怎麼也想不起來。

「是的，請問？」

「啊，初次見面。我是林菱月。希望張先生能幫我一個忙。」

聽到林菱月三個字，大力馬上就將眼前的人與記憶連結起來，原來是經常出現在小螢幕前的一名通告藝人，最早是在音樂錄影帶清純可人的形象聲名大噪。雖說如此，但後來就只有上一些電視通告，不過她的氣質談吐還算不錯，大力本身對她的印象也很好。

「我剛剛就在猜了，沒想到真的是妳！」

「唉呀，本人比電視上好看呢！」

方才還在角落聊天的歐巴桑們此刻一齊湊了上去，圍在林菱月的身邊。雖然不是店裡第一次有知名人物光顧，但這群媽媽們對於演藝圈的流行度似乎比一般年輕人還敏銳，還有人如數家珍的數出了林菱月的作品，眼看就要展開一場粉絲討論會。

「林小姐這次來是需要我幫妳什麼忙呢？」大力趕忙幫林菱月解圍，並邀她進去自己的工作室討論。

「請坐。」大力說完端上熱茶。

「謝謝。」林菱月接過茶杯，環視整間辦公室，然後盯著牆上的拼布作品驚訝的問：「這些全都是你一個人弄的嗎？」

「是啊。」

「這整間店也是吧？我說裝潢。」

「沒錯，妳怎麼會這樣覺得？」大力好奇的回問。

「噢，我只是覺得你很細心。這間房間與外頭的基調是一樣的，甚至和這些拼布作品也是。還有，總覺得會親自幫客人泡茶的設計師不太多見呢，跟我想像中不一樣。」林菱月坦率的笑了出來，並輕啜一口熱茶。

「這樣嗎？妳的觀察很細微啊。」大力此時倒是對林菱月刮目相看了。

「這麼細膩的男人也不太多見……啊，我多嘴了。」林菱月說完尷尬的掩了掩嘴。

「不會，我從小被這樣說習慣了。」

「對了，我這次來是希望張先生能幫我做假髮的造型。」

「通常上節目不是都會有專屬的造型師嗎？」並不是拒絕，大力只是為特地找到他來做髮型這件事感到疑惑。

「其實，不是節目的造型。」她想了一會兒，接著說：「我最近參加了一個歌唱比賽，希望請您幫忙打點的就是這場比賽的髮型。」

「歌唱比賽？但林小姐不是已經十分忙碌了嗎？」

「不，我還只是個小牌的通告藝人。雖然看起來有許多發展可能，但實際進了這個圈子才發現，每個人的出路都是被上頭限制的。當歌手是我從小的願望，我從小就很喜歡唱歌。當初參加演藝甄選也是想著有一天可以轉型成為歌手。到現在，明明已經很接近了卻還差那麼一步。為了實現這個夢想，我才下定決心去參加歌唱比賽的。」

大力看著眼前這位堅持著主見的藝人林菱月，內心油然而生一股惺惺相惜之情。自己又何嘗不是為了兒時的夢想而一步步打拚到現在的呢？看著她堅定的眼神，大力覺得那雙眼睛裡透出的是以前那個不顧一切、奮力一博的自己。而現在，自己已經是有能力給予幫助的人，或許這就是上天要讓我幫助眼前的女藝人達成她的夢想吧。

眼看大力始終沉思著的林菱月，擔心是否是自己太莽撞而嚇到了人，趕緊接著補充：「當然，價錢的方面我都可以談的。」

話還沒說完，只見大力突然點了頭，豪邁的說：「當然，沒問題。我願意幫妳，而且是無條件幫忙，不用在意錢的問題。看著妳就像看到以前的自己，這大概是一份機緣吧。」

林菱月驚訝的睜大眼睛，一時間還無法相信大力所說的話。直到大力跟她約每個禮拜的這個時間到這間工作室與他商量假髮的設計，她才恍如大夢初醒，直點頭跟大力道謝。

送走了林菱月，大力看著自己工作室四周的環境，想到林菱月剛剛說的那些，大力決定馬上開始著手設計林菱月的假髮。他撿選了幾本時尚雜誌，彩色封面上炫爛而璀璨的模特兒們張揚著自身的美，他開始一個個端詳並琢磨著那些髮妝、服飾，好像突然間又回到小學時期，以自己的能力，讓一個平凡無奇的女孩躍然成為眾人矚目的焦點這件事，確實一直都是大力所嚮往的。芭比娃娃畢竟是天生的明星，不需要琢磨和雕塑，但人是需要的。大力此時又想起稍早那封邀約的郵件，突然嶄新的念頭閃過腦中。大力馬上打了電話給林菱月告知自己的想法，不意外的聽見對方驚喜的回應。

時間轉眼就到了約定的禮拜一。大力要求林菱月穿著她打算參加比賽的服裝前來，並帶上她要表演的曲子。

「這首歌是我母親很喜歡的一首老歌，我想在節目正式比賽中的第一首歌唱它，以獻給我的母親。」林菱月說。

大力用店內的播放器放出唱片，是一首旋律哀傷，歌詞卻很溫暖的昭和風味台語歌，瞬間店裡瀰漫著一股復古的氣息，連大力的媽媽也停下手邊的工作，細細聆聽著並輕哼起來。

「機會難得，不如就請菱月小姐為我們唱一曲吧，當作是比賽前的演練？」熟客裡的一個媽媽說了，其他人也附和著想聽。

林菱月擋不住觀眾的盛情，微笑著說：「那我就獻醜了。」清了嗓子就唱了起來，林菱月清脆的聲音在小小的店裡迴盪著，讓人驚訝的是她聲音中與外表無法聯想在一起的爆發力，在演譯這首抒情歌時竟可以讓聽眾感受到震撼，卻又不打擾歌曲蘊含的柔情，時而纏綿如細水流，時而悱惻如泣如訴。

大力聽得渾然忘我，連當初提出要求的媽媽們也各個噤了聲，深怕任何一點響聲就會破壞整首曲子。直到林菱月一曲結束，大家還沉默了好一分鐘，才想起來應該鼓掌。

「這、這真是太棒了，不需要任何人做造型也一定可以奪冠軍的吧。」大力打從心底稱讚著。

「不，你過獎了。其實這正是我需要你幫助我的原因，因為，雖然自己也演過戲，拍過音樂錄影帶，卻無法在唱歌時擁有展現自己的自信。很奇怪，唱歌的時候就覺得自己渾身是漏洞，要被台下人給看穿似的，需要一個截然不同的造型來裝備自己，才能夠與台下的視線抗衡。」林菱月坦承的說道。

「我明白了。那就像上次電話中說的那樣，如果菱月小姐不介意的話，不如就由我來負責妳的全體造型吧。」大力激動的說：「聽完妳唱歌後我更想幫您做造型了，如同妳希望能無拘無束的在舞台上唱著所愛的歌，我希望自己就是那個幫助妳在舞台上翱翔的人。」

林菱月羞赧的笑了。「大力先生，我真不知道該如何感謝你才好。」

「就讓我們一齊拿到冠軍吧。」大力也笑著說，「對了，菱月小姐帶的這套衣服是要……」

「對了，這是我母親的旗袍。我希望穿著這件衣服上台。雖然我的身高比較高，但勉強穿得下。我這就先去換。」

大力讓媽媽帶林菱月到裡頭的房間換下衣服，再到工作室挑了幾頂復古的髮型，皺起眉頭思索起來。

當大力還在苦思的時候，換上旗袍的林菱月出現在他眼前，讓大力嚇了一跳。或許是長相的緣故，尚未上濃妝的林菱月看起來就已經儼然一副當時小姐的模樣，完全撐得起身上那件典雅的旗袍。而旗袍雖短，卻不至於短到俗氣，反而讓林菱月更添幾分青春的氣息。

「大力先生，怎麼了嗎？」林菱月眨著眼睛問，大力這才回過神，並稱讚林菱月的漂亮。

「我本來聽到旗袍想的是復古鮑伯頭，但現在看你這樣又覺得那些太造作了。雖然妳說過要掩藏自己才有在台上的勇氣，但適度的展現自己也是很重要的。不能讓觀眾只是看見一個虛假的人偶在台上，那樣是不對的。妳很美，又有天賦，應該要讓大家看見真正的妳，或至少是以真心展現自己的妳。」

「是的，你說得沒錯。」林菱月宛如當頭棒喝，

「我打算不用整頂的假髮，只用一些髮片為妳原來的髮型作補足。髮色也是，就以現在的顏色為基調就好，不要弄得太鋪張華麗。妝稍微化得復古一些，大概加強眉頭的部分，然後其他以橘色系的妝感處理，不要恐怖的大紅色。雖然可能會和一般概念中的旗袍印象不同，但我想那是最貼合妳與母親這兩者相融合的一個模樣。妳就是母親，母親就是妳。這也是我聽完妳唱歌之後的想法，不知道妳覺得如何？」

「嗯。就全部交給你了，拜託。」林菱月點頭。

「那我先去準備這些東西，菱月小姐麻煩再等我一會兒，先用些那邊的茶和茶點吧，抱歉。我現在腦中有許多想法……」大力一邊喃喃唸著，一邊又搔著頭走入工作室。

林菱月目送大力轉身的背影，此時，大力的媽媽從旁邊走了過來，遞給林菱月

一條領巾，和藹的笑著說：「這是我年輕時買的領巾，看到你這件旗袍覺得很搭顏色，就翻了出來。我實在很喜歡菱月小姐，本來只是在電視上看著，覺得真是個美麗的小姐，結果歌唱得這麼好聽，人又有禮貌。總之，如果不嫌棄的話希望菱月小姐可以拿去用。」

「謝謝伯母。」林菱月驚訝的接下領巾，不禁對大力的媽媽道出了自己這段時間以來的疑問：「請問伯母，為什麼大力先生會說他在我身上看到以前的自己呢？」

「大力這孩子啊，唉，說來有趣，小時候很喜歡芭比娃娃呢。」

「芭比娃娃？」雖然跟自己的問題乍聽之下沒有關係，但林菱月還是專心的聆聽。

「對啊，從小就喜歡幫娃娃弄弄頭髮，穿穿衣服，啊，小學時還會幫上的女同學化表演的妝呢。該說他從小就展現天賦嗎？但那時可真是讓大力的爸爸生了好幾頓氣呢。」

「為什麼伯父要生氣啊？」

「一個男孩子玩娃娃妳怎麼能不生氣？他老跟大力說：『給你取了這麼有力的名字，結果你跑去玩芭比娃娃。』，現在想想還真懷念呢。」

「但是大力還是堅持著自己喜歡的事，當然也有許多挫折。最痛苦的大概就是被班上的同學嘲笑吧，大力那時還小，小朋友的童言童語又是很尖銳的，看著一個幫女孩子化妝的男生自然就會排擠他，加上爸爸對他的期待又高，大力小時候常常不快樂。」回想起了兒子小時候的樣子，大力的媽媽不禁感嘆起來。

「但是，大力先生到現在開成這間店，也總算是苦盡甘來了吧。」林菱月緩和氣氛說道。

「是啊。不過大力畢業後也是很辛苦，又遇到那個火災……唉，他真的是個認真的好孩子，總是往自己的目標前進，可能是因為這樣所以才覺得在菱月小姐身上看到自己。這樣的孩子以後老天一定要讓他幸福啊！」

「這樣啊！」林菱月若有所思的點了頭、恰好此時大力從房內走出來。

「抱歉讓妳久等了，我先把大致的想法說給妳聽。」大力拿出幾本雜誌開始跟林菱月講解他的想法。林菱月看見大力媽媽微笑著跟他們點頭，收拾桌上然後離

開，

覺得對眼前這個男人又讓人更打從心底尊敬了。

商討造型的會議開了很久，大力和林菱月兩人雖然筋疲力盡卻都十分滿足，並且迫不及待的開始希望上台的時間快點來臨。

15 雙贏

「各位觀眾，歡迎來到《超級新星》總冠軍賽。」在眾人的歡呼聲中，窈窕的主持人翩然登場，誰也看不出她已是兩個孩子的媽——這不正是先前暫別歌壇的林莉嗎？為了這檔節目，製作人特別透過層層關係請她復出。

原本，林莉推拖說結婚了要顧家，但製作人拿了幾個參賽者的背景及試唱帶以後，林莉想起當初自己在期望踏進歌壇前的日子是多麼辛苦，不是四處駐唱就是有一餐沒一餐的過；最後，她問了陳冠文，他倒是大力支持老婆再度站到螢光幕前，尤其是為了這種「提攜後輩」的好事。

這天上台前，林莉在後台一一為參賽者加油打氣。她走到樓梯間，聽到一男一女在轉角談論著。她走下去一看，原來是最近一路過關斬將的林菱月，在一旁背對著林莉的，可能是菱月的化妝師吧，正上下忙碌的調整菱月的髮型衣裝。

林莉記得，當初這個女孩子並不是最受矚目的參賽者，她有好一段時間都在通告節目上講些沒營養的話題。

大約是十六強賽的時候，林菱月突然以一襲短旗袍上台，優雅的髮型及橘系妝容讓她在棚內顯得清新脫俗，更畫龍點睛的是她脖子繫著一條領巾，完全符合當日

「懷舊歌曲」的主題。

那天比賽結束以後，網站討論區出現了近百篇文章，都在討論「林菱月」的服裝及歌聲怎麼會這麼慢才被發掘。經過這次的表現，她儼然成為《超級新星》最佳人氣王了呢！

林莉開口說：「菱月啊，大家都很看好妳噢！」

菱月嚇了一跳，害造型師手一歪，將眼影塗出了一點。

林莉接著說：「不要緊張，剛剛大明老師偷偷告訴我，他們幾個老師私下都覺得妳今天可能會包辦很多獎項呢！」

菱月有點不好意思的說：「我今天狀況還可以，希望等等能突破過去的表現，讓大家驚豔！」

這時，大力轉過身來，側頭欣賞菱月的妝。

林莉驚呼：「咦，你不是那個……」大力從極度專注中回過神來，看見眼前的麗人，終於想起是在哪裡見到她的……

「啊，林小姐，那天真是遺憾，沒能幫您化到妝。」大力淡淡的說。

「不，千萬別這麼說！不過，沒想到最近菱月的造型這麼受歡迎，居然全出自你一個人之手，真是太厲害了！」林莉由衷讚嘆。

菱月笑著說：「對呀，他可是我挖到的寶呢！」

林莉握起菱月的手，說：「保持平常心，做最完美的表現——這是我自己在歌壇的座右銘，今天就送給妳了。」

說完，她轉頭對大力說：「很高興再次見到你，要是你願意，真希望我也能體驗你高超的造型技術呢。」然後她便與兩人道別，準備上台。

菱月經過大力的一番打理後，整個人散發出王者風範，不僅是妝容堅定有自信、衣著充滿時尚感但又不至於突兀，眉宇間顯露出的氣質顯示她絕對會是今晚節目的焦點！

她看著鏡子裡的自己，對大力說：「在踏進你的店以前，其實我非常徬徨。有許多事情都只是理想或夢想，但後來靠你的幫助，我居然能夠實現最大的願望。真不知道要怎麼謝謝你。」

大力伸手調整裙擺的褶，對她說：「菱月，不要忘了，妳才是讓這一切實現的理由，我只是一個幫妳打造翅膀的工匠，是妳靠自己的力量飛上青天的！」說完拍拍雙手，說：「準備上台囉，冠軍小姐！」

這時，前台傳來林莉的聲音：「各位觀眾，看了這麼多精采的表演，有沒有覺得少了誰呀？」

台下一片叫喊：「菱月、菱月、菱月……」

林莉笑著宣布：「讓我們歡迎今天最後一位參賽者，林菱月！」

菱月深吸一口氣，轉頭看到大力對她豎起大拇指，微微笑了一下就踏上今晚專屬於她的舞台。

今天菱月選擇的是一首外國樂團的曲子〈Viva La Vida〉，配樂磅礴，甚至有教堂鐘聲為伴。她雖然被打扮成王者，但時而深沉時而爆發的嗓音，完美的以王者傷逝的心情詮釋這首歌。

菱月最後閉眼，隨著背景哀痛的合聲合掌向天祈求，讓表演以傳世油畫般的定格劃下句點。

最後一個音符結束以後，菱月睜眼，看見台下一群瘋狂尖叫鼓掌的觀眾，她害羞的點點頭，站立原地等待結果宣判。

「來來來，各位參賽者請來到台前，我們要宣布今天的總冠軍以及各種獎項了！」林莉招呼僅存的五位參賽者。

評審代表說：「我們剛剛已經非常輕易的得到結論，所以就不廢話，先從一般獎項開始頒發。」

隨著「最佳台風」、「最令人驚艷」等等獎項頒畢，吳崢這位縱橫兩岸的彩妝大師站到台前，說：「現在我要來頒發的是——最佳造型。得獎的是……林菱月！」菱月毫不意外的走上前去，拿到一座水晶獎盃；她向坐在台下的大力揚揚獎杯，不明所以的觀眾全都以為她是對自己招呼，興奮得讓尖叫聲再度充滿棚內。

最後，剩下菱月與另一位參賽者在等待冠亞軍的宣判，德高望重的大明老師捧著雖然小但純金的精緻獎杯和一紙唱片合約，先賣個關子說：「這麼一段日子以來，這些參賽者帶給我們許多悅耳動聽的夜晚。當然能耐得住寂寞，留到現在，都非常不簡單。」

大明老師站到兩人前面，停了半晌，伸手將獎杯和合約送到菱月面前，台下觀眾馬上爆出熱烈的掌聲以及呼喊，甚至還有人拉響偷渡進攝影棚的拉炮，讓場面真是熱鬧不已。

大明老師說：「這個節目叫《超級新星》，所以要對凱翔說聲抱歉，菱月的轉變是讓我們感到最不可置信的。」

旁邊的菱月興奮得臉都燙紅了，拿在手中的金質獎盃和合約讓她像踩在雲端一樣，感覺現在一定可以直接飛到外太空去。

林莉笑吟吟的遞上麥克風，讓冠軍發表感言。

菱月在歡呼聲中接過麥克風，帶著淚水對所有人說：「我一度以為，進入演藝圈這個決定是人生中最大的錯誤。但是看到《超級新星》的企劃後，我決定給自己最後一次機會。」

台下觀眾一片靜默，專注的聽這位新科冠軍歌手表白。

「在節目一開始，我也不太確定自己的路，每次唱甚麼歌都不太對勁，所以老是看到評審老師們皺到打不開的眉頭。」菱月說著，引起評審們一陣笑聲。

「也許大家還記得，我有一次穿了短旗袍，那其實是我媽媽的衣服，還有橘色的妝。從那次開始我才好像醒過來一樣，找到自信，真正腳踏實地為自己打拚。」

菱月微笑看向大力。

「這是因為我找到最棒的造型師，他除了讓我從頭到腳都漂漂亮亮以外，他的故事讓我確信，即使再孤獨、再寂寞，只要耐得住，就有成功的一天。」菱月慢慢走到大力身旁，說：「請讓我把這個『最佳造型獎』，頒給最棒的造型師……張大力！」

這時所有的人都用力鼓掌，視線全部集中在這兩人身上。大力白皙的臉龐馬上飛來一陣紅，還被菱月從座位拖起來面對攝影機。他捧著水晶獎座，原應冰冷的水晶被菱月與他的手握得溫熱，他當初只是為了幫助菱月這個可愛的女孩，真的沒想過會有這一天……

而主持人林莉也說起了自己和大力的「一面之緣」，在知道大力連火災這種事都經歷過，底下的觀眾無不發出驚嘆聲。林莉硬要大力也說幾句話，她開玩笑說：「我們看到你在菱月身上有化腐朽為神奇的功效，大家都對你非常好奇，我也很想知道你可以把我這個老朽改造成怎麼樣？」

林莉此話一出，觀眾笑成一團，大力靦腆的拿起麥克風說：「真的不好意思，我其實是個幕後工作者……」大力清了清喉嚨說：「我曾經怨過老天爺，為什麼當我在惠瑩身邊那麼接近夢想的時候，又把我推到火災，讓我一無所有後再一切重新來過。」「但是在這裡看到菱月站上舞台達成她自己的夢想之後，我知道老天爺為什麼要這麼做了……」大力含著眼淚說道。頓時之間，現場的觀眾都很認真的聽著大力接下來要說些什麼。

「如果我沒經歷過這些苦難，我可能還是會成功。但是我經歷過這些苦難之後，不僅僅是我會成功，還可以用我的故事鼓勵別人成功，這一切就更加值得了！」大力這麼說完後，全場響起一片掌聲，許多現場的觀眾還站起來鼓掌。

而坐在電視機前面看到這一幕的張爸爸，轉頭跟張媽媽說道：「原來是我錯了！小男孩玩芭比娃娃也可以玩出一大片天空啊！」張媽媽則是紅著眼眶、握著張爸爸的手點頭稱是，她知道此時此刻的張爸爸和大力想到的……一定是一模一樣的事情。

勵志學堂：14

小男孩與芭比娃娃

作　　著◇羅明道
出 版 者◇培育文化事業有限公司
執行編輯◇王文馨
社　　址◇221 台北縣汐止市大同路三段一九四號九樓之一
　　　　　TEL（〇二）八六四七—三六六三
　　　　　FAX（〇二）八六四七—三六六〇

總 經 銷◇永續圖書有限公司
劃撥帳號◇18669219
地　　址◇221 台北縣汐止市大同路三段一九四號九樓之一
　　　　　TEL（〇二）八六四七—三六六三
　　　　　FAX（〇二）八六四七—三六六〇
　　　　　E-mail　yungjiuh@ms45.hinet.net
　　　　　網址　www.foreverbooks.com.tw

法律顧問◇中天國際法事務所　涂成樞律師　周金成律師
出 版 日◇二〇一一年二月

小男孩與芭比娃娃/ 羅明道著. -- 初版. --
臺北縣汐止市；培育文化，民100.02
面：　　公分. --（勵志學堂：14）

ISBN　978-986-6439-47-6（平裝）

859.6　　　　　　　　　　99025421

培育文化讀者回函卡

謝謝您購買這本書。
為加強對讀者的服務，請您詳細填寫本卡，寄回培育文化，您即可收到出版訊息。

書　　名：小男孩與芭比娃娃
購買書店：＿＿＿＿＿市／縣＿＿＿＿＿＿書店
姓　　名：＿＿＿＿＿＿＿＿＿＿＿＿
身分證字號：＿＿＿＿＿＿＿
電　　話：(私)＿＿＿＿＿ (公)＿＿＿＿＿ (傳真)＿＿＿＿＿＿
地　　址：□□□ ＿＿＿＿＿＿＿＿＿＿＿＿＿＿＿＿＿＿＿＿
E - mail ：＿＿＿＿＿＿＿＿＿＿＿＿＿＿＿＿＿＿＿＿＿＿＿
年　　齡：□20歲以下　□21歲～30歲　□31歲～40歲
□41歲～50歲　□51歲以上
性　　別：□男　□女　　婚姻：□已婚　□單身
生　　日：＿＿＿年＿＿月＿＿日
職　　業：□①學生　□②大眾傳播　□③自由業　□④資訊業
□⑤金融業　□⑥銷售業　□⑦服務業　□⑧教
□⑨軍警　□⑩製造業　□⑪公　□⑫其他
教育程度：□①國中以下（含國中）　□②高中　□③大專
□④研究所以上
職 位 別：□①在學中　□②負責人　□③高階主管　□④中級主管
□⑤一般職員　□⑥專業人員
職 務 別：□①學生　□②管理　□③行銷　□④創意
□⑤人事、行政　□⑥財務、法務　□⑦生產　□⑧工程

您從何得知本書消息？
□①逛書店　□②報紙廣告　□③親友介紹
□④出版書訊　□⑤廣告信函　□⑥廣播節目
□⑦電視節目　□⑧銷售人員推薦
□⑨其他

您通常以何種方式購書？
□①逛書店　□②劃撥郵購　□③電話訂購　□④傳真訂購
□⑤團體訂購　□⑥信用卡　□⑦DM　□⑧其他

看完本書後，您喜歡本書的理由？
□內容符合期待　□文筆流暢　□具實用性　□插圖
□版面、字體安排適當　□內容充實
□其他

看完本書後，您不喜歡本書的理由？
□內容符合期待　□文筆欠佳　□內容平平
□版面、圖片、字體不適合閱讀　□觀念保守
□其他＿＿＿＿＿＿＿＿＿＿＿＿＿＿＿＿＿＿＿

您的建議

＿＿＿＿＿＿＿＿＿＿＿＿＿＿＿＿＿＿＿＿＿＿＿＿＿＿

＿＿＿＿＿＿＿＿＿＿＿＿＿＿＿＿＿＿＿＿＿＿＿＿＿＿

剪下後請寄回「221台北縣汐止市大同路3段194號9樓之1培育文化收」

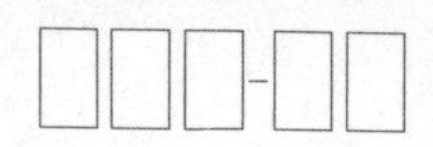

廣 告 回 信
基隆郵局登記證
基隆廣字第200132號

2 2 1-0 3

台北縣汐止市大同路三段194號9樓之1

培育文化事業有限公司

編輯部 收

請沿此虛線對折免貼郵票，以膠帶黏貼後寄回，謝謝！

為你開啟知識之殿堂